EL PRIMER JARDÍN DE EDÉN: LA TRAGEDIA DE ADÁN Y EVA

(TRILOGÍA "PLANETA APÓCRIFO" II)

D1714273

Ángel Francisco Sánchez Escobar

2017

©Ángel F. Sánchez Escobar
Semíramis Publicaciones
ISBN: 978-1983621192
Sevilla, 2018

*¡Qué mundo tan diferente hubiese sido vuestro
planeta si se hubiese llevado a cabo el gran plan de
elevación de las razas humanas por parte de Adán
y Eva, los mejoradores biológicos!*

Solonia, "la voz del Jardín".

ÍNDICE

3

PALABRAS INICIALES DE ONATIA

Soy Onatia, consejero divino de Orvontón. Yo os narré, por petición de los ancianos de días, la verdad sobre la ignominiosa traición de Caligastia, príncipe planetario de Urantia, vuestro mundo. Mi misión ahora es presentaros a los personajes que se van a encargar de relataros la construcción del primer Jardín y la tragedia de Adán y Eva, enlazando y, al mismo tiempo, complementando, los últimos pasajes a los que hice referencia en mi anterior narración.

Antes, sin embargo, sería conveniente recordar lo que sucedió con anterioridad a la llegada de estos dos hijos materiales: Caligastia, trescientos mil años después de la fundación de Dalamatia (año 500.000 a. de C.), capital cultural del mundo, se sumó a la abyecta rebelión de Lucifer y provocó el caos y la confusión en vuestro planeta, a la vez que numerosas bajas espirituales. Tuvo la oposición frontal de Van, líder de las fuerzas leales, hasta que llegaron los melquisedecs de urgencia, los llamados "síndicos", que destituyeron al príncipe y asumieron el gobierno del mundo por mandato de los altísimos. No obstante, a pesar de su cese, el príncipe siguió y sigue libre, con menos poder, pero haciendo sus desmanes, hasta que se dicte la orden de prisión y posible disolución.

De las fuerzas leales, solo Van, antiguo miembro corpóreo de la comitiva del príncipe, y Amadón, el andonita que le donó su plasma para poder convertirse de nuevo en humano, continuaron en vuestro planeta. Los demás viajaron a Jerusem, capital de sistema de Satania. Van y los síndicos siguieron gobernando el mundo durante siete años más tras la llegada de Adán y Eva. Con la ayuda de Amadón, su más estrecho colaborador, Van se encargaría de construir el Jardín de Edén, futura morada de estos dos hijos materiales.

Desde la perspectiva urantiana, la edad de Van y Amadón, de más de cuatrocientos cincuenta mil años —Van tenía una existencia anterior—, se debe al consumo del fruto del árbol de la vida. Adán y Eva también lo harán. Nod, miembro como Van de la comitiva corporal del príncipe, tomó partido por Caligastia junto con otros como él, y murió con el tiempo al no tener acceso al fruto de este árbol. De ellos, sesenta rebeldes entre hombres y mujeres, nacieron los noditas, la octava raza y la más inteligente que jamás había habitado la tierra hasta ese momento. De los donantes no rebeldes, seguidores de Van, surgieron los "amadonitas", no una raza como los noditas, pero sí un grupo de personas de gran avance espiritual.

Serán, entonces, los propios seres personalmente implicados, los que contarán esta otra parte de la historia, llena, como la anterior de momentos felices y aciagos. Los altísimos de Edentia quieren que se haga de esta manera. Desean que la narración os toque más de cerca y conozcáis directamente sus motivos y sentimientos. Estos personajes son cinco: Adán, Eva, Solonia, o "el ángel del Jardín", y los propios Van y Amadón, antes de abandonar el planeta. Todos están ahora conmigo, en los círculos de Jerusem, en las zonas residenciales del quinto orden de los ángeles, también llamados "ayudantes planetarios", al que pertenece Solonia. Los seres intermedios, ciudadanos perennes y cronistas de nuestro planeta, les ayudarán a obtener información, cuando sea necesaria, para el mejor flujo y comprensión de la historia de este primer Jardín — porque también hubo un segundo Jardín —. Hay ciertos pasajes que mencioné someramente en mi relato y que en este adquirirán una nueva dimensión al ser relatado por sus personajes más directos.

Se ha decidido que nos apoyemos en el mismo sujeto humano para esta narración porque es conocedor de la anterior historia, muy receptivo, y su mentor misterioso, de un nivel superior al de otros mortales, nos asiste en esta venturosa empresa, transmitiéndole subconscientemente la historia. La técnica del dictado no es realmente escritura automática, sino un proceso más complejo del que no me está permitido dar detalles. Sí puedo deciros que un ángel documentalista, miembros de las llamadas "bibliotecas vivas", recogerá las experiencias de estos cinco seres personales, se trasladará a la residencia del escribiente humano, cuyo nombre tampoco me está permitido revelar, y se las comunicará, mediante este mentor misterioso, esa parte de Dios que habita en nuestro interior. Algunos miembros de los Seres Intermedios Unidos de Urantia nos asistirán también en tal tarea.

Me retiro ahora a Uversa, capital de Orvontón, vuestro universo global, para presentarme a los ancianos de días. Ellos me asignarán un nuevo cometido en cualquiera de los setecientos mil universos locales, cada cual con diez millones de planeta habitados o en vías de serlo. No sé adónde me tendré que trasladar esta vez. Recordad que Nebadón, cuya capital es Ciudad de Salvación, es uno de esos universos locales. Miguel lo creó y lo gobierna. En la tierra lo conocéis como Jesús.

Como expliqué en mi previo escrito, cada universo local tiene a su vez cien constelaciones y, cada una de ellas, cien sistemas con mil mundos habitables cada una. Vosotros pertenecéis a la constelación de Norlatiadec, cuya capital es Edentia, y dentro de esta al sistema local de Satania, cuya capital es Jerusem. En este sistema local está la tierra, el planeta evolutivo número 606, al que nosotros llamamos Urantia. Me marcho, pues, el viaje a Uversa será largo en vuestros cómputos temporales. Dejo ahora que se presenten los propios personales principales, Adán, Eva y Solonia, que tomarán parte en esta segunda narrativa. A Van, ciudadano de Jerusem, y Amadón, andonita por línea directa de Andón y Fonta, los primeros padres de la raza humana, ya los conocéis. Fueron los grandes héroes de la rebelión de Caligastia.

SOMOS ADÁN Y EVA, DEL ORDEN DE LOS HIJOS MATERIALES

Nuestra historia es triste, pero, hasta cierto punto, esperanzadora, y no todo se perdería en el enorme maremágnum que se organizó tras nuestra transgresión. Tengo a Eva a mi lado; ella asiente con la cabeza mientras hablo. Aunque caímos en la trampa de Caligastia, al no inmiscuirnos en su rebelión, pudimos ser rehabilitados y así pertenecer al consejo consultivo de Urantia junto con veinticuatro otros miembros. En sus revelaciones, el apóstol Juan nos menciona:

9

"Alrededor del trono había veinticuatro tronos, y en los tronos vi sentados a veinticuatro ancianos vestidos de ropas blancas". Onagar, que tanto influencia tuvo sobre nuestro querido Amadón, es también parte de este consejo.

Pero poco sabéis de nuestro orden, formado por hijos e hijas materiales de Dios. Nosotros participamos de la naturaleza espiritual y de la material. Somos seres creados; no somos evolutivos como vosotros. Y, de todos los seres creados, somos los que más directamente entramos en contacto con los mortales de los mundos habitados. Así lo hicimos Eva y yo al llegar a vuestro planeta hace casi cuarenta mil años. Se nos creó hombre y mujer, y con capacidad de reproducción.

Tenemos diferentes funciones para las que nos preparamos en las capitales de los sistemas, Jerusem en nuestro caso. Una de ellas es viajar a los mundos habitados en cierto momento de su evolución. Nos encargamos de fundar la raza adánica de ese mundo, la raza violeta, que está destinada a mezclarse con los mortales, en ese momento ya de distintas razas. Por lo general, nuestra misión dura veinticinco mil años, hasta que el planeta se asienta en luz y vida. Pero cuando fracasamos en nuestro cometido como aceleradores biológicos, tal como desgraciadamente nos sucedió a nosotros, nos vemos obligados a seguir el curso natural de los habitantes del planeta, recibimos, si somos merecedores, el mentor misterioso, y hemos de pasar por la muerte para progresar, mediante la fe, por todo el régimen de ascensión del universo hasta llegar al Paraíso.

La zona en la que vivimos los adanes y evas planetarios atrae la atención de todos los recién llegados a Jerusem. Es una vasta área consistente en mil centros, desde los que nos responsabilizamos de la gestión local de esta esfera capital. Con la ayuda de los seres intermedios y de los ascendentes, nos hacemos cargo de casi todas las cuestiones rutinarias, otra de nuestras misiones. Vivimos con nuestros hijos en nuestras propias residencias, bellas heredades ajardinadas, hasta el momento en el que partimos para desempeñar nuestro servicio en los planetas evolutivos del espacio o hasta que emprendemos nuestra andadura de ascensión hacia el Paraíso.

Formamos la clase más elevada de seres con poderes de reproducción sexual que se puede encontrar en los universos evolutivos. Somos realmente materiales. En el último censo del milenio realizado en Lugar de Salvación, había, según los registros de Nebadón, 161.632.840 de nosotros con la condición de ciudadanos de las capitales de los sistemas locales. Pero desde el origen de Satania, se han perdido trece adanes planetarios por rebelión y transgresión, como nos sucedió a nosotros, y 681.204 en puestos subordinados de confianza. La mayoría de estas deserciones se produjeron en la época de la rebelión de Lucifer, hace más de doscientos mil años. Si bien, nuestro número está en constante aumento a causa de nuestra predisposición natural a reproducirnos.

En Jerusem, se nos permite experimentar con el modelo de autogobierno a la manera de los melquisedecs, y estamos alcanzando una forma de sociedad muy avanzada. Los órdenes celestiales superiores a nosotros se reservan su derecho de veto, pero en casi todos los sentidos, los adanitas de Jerusem nos gobernamos a nosotros mismos mediante sufragio universal y un gobierno representativo. Esperamos que algún día se nos pueda conceder una autonomía prácticamente completa. Nos formamos en las universidades de los melquisedecs de Lugar de Salvación, pero estos docentes mantienen también un buen número de profesores en las sedes de cada sistema para la instrucción de las generaciones más jóvenes de hijos materiales.

Nuestra misión se vio dificultada por la presencia de Caligastia, que se había aliado con Lucifer, pero no es corriente que esto suceda. Normalmente no fracasamos en nuestra labor de organizar y administrar las esferas habitadas, y nuestro éxito facilita, en gran medida, nuestro ministerio de implantar en los hombres primitivos de los mundos las formas más elevadas de vida. Nuestro gobierno también contribuye considerablemente a preparar a los planetas para las siguientes dispensaciones de la verdad. La nuestra fue la segunda tras la correspondiente a la del príncipe planetario. Por otro lado, si lo contamos por épocas planetarias, la nuestras fue la tercera: la primera es la que inauguran los portadores de vida, que la implantan en nuestros planetas de destino; la segunda, la que inaugura el príncipe planetario al aparecer la vida humana y, la tercera, la que nosotros iniciamos con nuestra llegada como mejoradores biológicos. En nuestra dispensación, como en las demás, se despiertan y se juzgan a los supervivientes dormidos, aquellos que no pasaron directamente a los mundos de las mansiones.

Nosotros sí cometimos una grave transgresión y nos convertimos en mortales, pero a través de nuestros hijos, aquellos que decidieron no marchar a Jerusem, y de nosotros mismos, pudimos crear estirpes fuertes que emigraron por todo el mundo y aún persisten en vuestro planeta.

Soy Solonia, "el ángel del Jardín"

Luego oyeron la voz de Jehová Dios que se paseaba por el huerto, al aire del día; y el hombre y su mujer se escondieron de la presencia de Jehová Dios entre los árboles del huerto. (Génesis)

La serpiente era más astuta que todos los animales salvajes que el Señor Dios había hecho, así que le preguntó a la mujer: — ¿Es cierto que Dios les dijo que no coman de ningún árbol del jardín? (Génesis)

Cuando el curso planetario de la evolución humana está alcanzando su nivel biológico más elevado, siempre aparecen los hijos e hijas materiales para fomentar la evolución de las razas. Adán os ha hablado de ello. Por lo general, a su sede se le denomina el Jardín de Edén, por su belleza floral, y a sus serafines más cercanos a menudo se nos conoce como las "voces del jardín". Prestamos un valioso servicio en todos sus proyectos dedicados a elevar física e intelectualmente a las razas evolutivas. Después de la transgresión de Adán y Eva, algunos de nosotros permanecimos en el planeta y se nos asignó a los descendientes de Adán; a mí me destinaron a Adánez, su primogénito, para quien yo era prácticamente tan visible como para ellos.

La "voces del Jardín" pertenecemos al grupo de ayudantes planetarios y estamos principalmente al servicio personal de los adanes. A mí, Solonia, jefe de este grupo de serafines, entonces "el ángel de Jardín", se me confunde en vuestros textos sagrados con Dios y, a Caligastia, el terrible culpable de todo, con una serpiente. Así son las leyendas. La tradición oral fluye de boca en boca hasta que se transforma en algo muy distinto a lo que originalmente fue. El problema viene cuando se le confiere una vana validez sacrosanta.

Hay otros compañeros míos, también del grupo de los serafines ayudantes. Se trata de los llamados "espíritus de la hermandad", que ayudan a los hijos materiales en la tarea de conseguir la armonía racial y la cooperación social entre las razas mortales. Es una tarea ardua, porque es raro que estas razas, de diferentes colores y de naturaleza distinta, acepten con facilidad la búsqueda de la hermandad. Los hombres primitivos solo llegan a percatarse de la sensatez de las relaciones pacíficas entre ellos al madurar con la experiencia humana y mediante el fiel ministerio de estos espíritus seráficos de la fraternidad. Sin su labor, la tarea de los hijos materiales de armonizar y hacer avanzar las razas de un mundo en evolución se dilataría enormemente. Si vuestro Adán se hubiese adherido al plan original trazado para el avance de Urantia, estos espíritus de la hermandad, llegado este punto, habrían realizado transformaciones increíbles en la raza humana. Pero, a pesar de ello, es, de hecho, extraordinario, que estos ángeles hayan sido capaces de fomentar y propiciar incluso el grado de hermandad del que contáis ahora en Urantia.

Hay otros serafines ayudantes a los que se les llama "las almas de la paz". La paz no es el estado natural de los mundos materiales. Gracias a su ministerio, el planeta se hace eco de "la paz en la tierra y buena voluntad entre los hombres". Aunque en Urantia los primeros esfuerzos de estos ángeles se vieron en gran parte coartados, Vevona, jefe de las almas de la paz en los días de Adán, permaneció en Urantia y, en este momento, está adscrito al grupo de asistentes del gobernador general, con sede en el planeta. El gobernador representa a los veinticuatro consejeros de Jerusem del consejo consultivo de Urantia. Fue el mismo Vevona quien, cuando nació Cristo Miguel, anunció a los mundos: "Gloria a Dios en Havona y en la tierra paz y buena voluntad entre los hombres". Havona es el universo central y perfecto por el que pasaréis en vuestro camino al Paraíso.

Pero también hay otros ángeles que colaboran con los adanes. Se llaman "los espíritus de la confianza". La desconfianza es una reacción innata en el hombre primitivo; las luchas por la supervivencia de las eras primitivas no traen consigo la confianza de forma natural. Los seres humanos la adquirís a través del ministerio de estos ángeles. La infunden en la mente del hombre evolutivo. La confianza es un don innato en todos los seres celestiales.

Tras el malogro de la misión adánica, se destinó a este grupo de serafines al régimen implantado por los melquisedecs de urgencia y, desde entonces, continuaron con su cometido en Urantia —yo mismo fui quien dio a conocer a los altísimos de Edentia el fracaso del plan divino y solicité el regreso a Urantia de estos síndicos melquisedecs—. De todos modos, las iniciativas de estos ángeles no están siendo del todo infructuosas; en este momento, se está desarrollando una civilización, que recoge muchos de los ideales de una verdadera confianza. En las eras planetarias más avanzadas, estos serafines ayudan a comprender que la incertidumbre es fuente de continua satisfacción. Ellos realzan la inclinación del hombre hacia la dulzura de la incertidumbre, hacia el romanticismo y el encanto de un futuro indeterminado y desconocido.

Todos mis compañeros serafines dimos lo mejor de nosotros para llevar a cabo nuestra misión, pero el error de Eva, primero, y de Adán, después, dificultó gran parte de nuestros esfuerzos y estuvo a punto de sumir de nuevo a Urantia en la tremenda oscuridad espiritual a la que os llevó el príncipe caído.

I LA IMPOSIBILIDAD DE NUESTRA MISIÓN

Jehová Dios plantó un huerto en Edén, al oriente, y puso allí al hombre que había formado. (Génesis)

Tras más de cien años de duros esfuerzos, Adán y yo nos dimos cuenta de que estábamos haciendo pocos progresos fuera de Edén, de que éramos prácticamente incapaces de cumplir nuestra misión de elevar la civilización, de mejorar las razas. Y Van, Amadón y los doce melquisedecs, nuestros queridos y respetados tutores, habían abandonado el planeta. Casi siete años después de nuestra llegada triunfal, nos habíamos quedado sin su preciada guía.

Y con una pesarosa nostalgia, recordé aquel día gozoso, radiante. Acabábamos de despertar de un sueño esperanzador tras cincuenta años luz de viaje. El espacio infinito, silenciosamente estrellado y siempre enigmático, había estrechado su redondez, y en menos de tres jornadas, cortas como estrellas fugaces, habíamos llegado al planeta giratorio que esperábamos dirigir durante los próximos veinticinco mil años. Toda la península respiraba el aroma de aquella ciudad ajardinada, de gran actividad, que los voluntarios, ahora llamados edenitas, habían construido, no sin ciertas provocadas disensiones. Nuestra materialización había tenido lugar en los recintos del templo, y cuando salimos, acompañados de los melquisedecs, los gobernantes que nos habían precedido, y de Van y Amadón, había muchos nativos, la mayoría edenitas. Algunos estaban en el mismo atrio del templo, otros fuera de él, esperando para darnos su emotiva bienvenida. *"¡Ya llegaron los hijos prometidos para traer de nuevo la luz al mundo!"*, gritaban exultantes en lenguaje andónico. Vendrían también muchos nativos de más allá de la península.

Según me habían contado los seres intermedios, cronistas sempiternos de los mundos habitados, en cuanto llegamos, en un día nublado que auguraba la lluvia tibia y dócil de la primavera de aquel lugar, los edenitas habían soltado a las palomas mensajeras, que volarían sin duda reflejando sus grises en el aire tempranero del Mediterráneo. Se habían traído de los más de cien asentamientos de fuera del Jardín y se habían guardado celosamente en los palomares hasta el día de nuestra tan anhelada llegada. Envueltas en sus patas habían llevado las preciadas misivas, trozos de pergamino de piel de cordero resistentes al mal tiempo. Me las imaginé surcando el cielo, a veces serpenteando las nubes, a veces dejándose caer a plomo, sorteando el graznido despiadado de los halcones, abundantes en aquella zona junto con otras rapaces. Pero eran palomas atléticas, bravías, de gran viveza, rápidas en el vuelo como los relámpagos. Su plumaje era abundante, brillante; su cola, siempre plegada; su cuello, fuertemente implantado y erguido y de gran resistencia a la fatiga. Su sentido de la orientación se desenvolvía ufano como el viento con su primer aleteo. Todas llegarían sanas y salvas. Los seres intermedios velarían por ellas.

Y en poco tiempo, antes de que el olor de la lluvia se cruzara con la humedad del suelo, estarían en su destino. Las palomas podían franquear en un solo día casi mil kilómetros. Antes de llegar al norte, sobrevolarían las viviendas de los edenitas, no sin el saludo risueño de algunos de sus hijos que saldrían a despedirlas, los centros administrativos, nuestras residencias bien colmadas de árboles, el templo de piedra dedicado al Padre. Cruzarían huertas, sembrados, las zonas de pastos de nuestros animales, el río y los cuatro afluentes que bañaban la península, bosques luminosos de pinos, cipreses, cedros, pasajes dunares movibles. Dejarían una larga cordillera de piedra caliza y, antes de llegar al continente, pasarían en su vuelo por el jardín zoológico de animales salvajes que nos protegía y la doble muralla de doce entradas. Y por fin, se dispersarían a los distintos poblados que las acogerían con denuedo y cariño. Entonces el jefe o el curandero leerían el mensaje escrito en andónico: *¡Acudid pronto a Edén. Adán y Eva, los hijos prometidos, los que traerán luz al mundo, ya están aquí!*

Sí, nuestros mentores habían tomado rumbo a Jerusem, de donde nosotros mismos habíamos venido. Había pasado ya algún tiempo, pero siempre Adán y yo recordábamos con dolor su despedida. Les habíamos pedido, casi implorado, que no nos dejasen, que siguiesen con nosotros para ayudarnos a solventar el terrible problema de Urantia, de poner fin a la desoladora situación en la que el príncipe Caligastia había dejado al planeta, pero las órdenes de los altísimos de Edentia eran firmes: tenían que marcharse para que nosotros pudiéramos cumplir la misión que se nos había encomendado y para la que, por tantos milenios, habíamos sido formados. Y debíamos estar solos, solos él y yo, como nuevos gobernantes del planeta. Estábamos, además, aislados; tras la rebelión, las comunicaciones entre Jerusem y los más de seiscientos planetas habitados del sistema local de Satania estaban cortadas para impedir la propagación de los sofismas de Lucifer, a los que el príncipe se había adherido hacia ya más de ciento cincuenta mil años.

Estábamos fracasando, y sabíamos que se debía a sus artimañas y a la de sus miles de incondicionales seguidores, desafortunadamente, todos invisibles para los mortales. Ya los melquisedecs, que lo habían destituido cuando llegaron para llevar ellos mismos las riendas del mundo, nos lo habían advertido. Yo misma, el día en el que se despidieron, poco antes de tomar el serafín de transporte, les había preguntado un poco contrariada:

—¿Cómo es que sigue este nefasto ser en nuestros planeta? Puede significar el malogro de nuestra misión.

—Ya sabéis quién es y tenéis que ser precavidos —nos había dicho uno de los melquisedecs—. Y sí, a pesar de su destitución, sigue libre y con autonomía de acción. Se sigue considerando el príncipe de este planeta. Su caso aún está siendo juzgado por los ancianos de días en los tribunales superiores del universo global de Orvontón y, hasta que no se tenga el veredicto, no se dictará la orden de detención y confinamiento en los mundos prisión. Estamos convencido de que una vez allí, tarde o temprano, le llegará el mandato de extinción.

—En Orvontón casi nos existe el tiempo —les había comentado algo angustiada bajo la mirada inquieta de Adán—, pero aquí en Urantia el tiempo corre demasiado deprisa. Cada día tendremos que tomar decisiones para cumplir nuestro cometido y sabemos que nos veremos obstaculizados continuamente por Caligastia.

—Comparto la opinión de Eva —había añadido mi marido—. Antes de llegar, a través de los ángeles documentalistas, se nos había informado del proceder de este perverso lanonandec y de otros cómo él, y vosotros nos habéis contado sus intentos de impedir la construcción de Edén. ¿Es que no hay manera de detenerle?

Recuerdo que lo había mirado agradecida por su apoyo, siempre incondicional. Realmente le amaba. No me cansaba de decírselo y sabía que él me correspondía. Habíamos sido creados juntos y estábamos destinados a vivir y trabajar en nuestro ministerio como uno solo, para toda la eternidad. Sus problemas eran también los míos. Tendríamos un mismo destino cuando completáramos nuestra misión en Urantia, pero se adivinaban tormentas en el horizonte, mucho peor que las que a veces venían del Mediterráneo y caían sobre las montañas que nos rodeaban.

—Aunque está depuesto, hasta que termine el juicio y llegue un nuevo príncipe planetario puede seguir en el planeta. Es cierto —había admitido el melquisedec—, que se podrían tomar decisiones instantáneas y extirpar la iniquidad de este ser, y cesar su existencia, hacer como si nunca hubiese existido. Sus actitudes son suicidas, cósmicamente irreales; perduran gracias únicamente a la misericordia y tolerancia de los rectos tribunales del universo que han de resolver con justicia y ecuanimidad. Pero llegará ese momento, y todo se hará a su debido tiempo. Sed sabios y, sobre todo, muy pacientes y perseverantes en vuestra labor— había dicho, recalcando la palabra "muy paciente"—, y recordad la confianza que se ha depositado en vosotros.

Adán y yo habíamos comprendido sus palabras y su despedida, pero nos habían dejado un gran vacío y una gran desazón, impropios de seres como nosotros, que deberíamos ser capaces de solventar las dificultades que entrañaban llegar a un mundo joven y en aquellas condiciones. De hecho, durante mucho tiempo lo habíamos intentado sin conseguirlo y no cesaríamos en nuestros esfuerzos. Pero, a pesar de nuestra frustración, estábamos orgullosos de nuestra progenie. Tras cuatro generaciones teníamos ya en Urantia mil seiscientos cuarenta y cinco descendientes entre hijos directos, nietos y biznietos. Yo misma dirigía las escuelas en la que se formaban y preparaban para su propia misión. Los conocía y quería a todos y a cada uno de ellos.

La raza violeta había comenzado a surgir poco a poco, pero, según nuestro pacto divino y nuestra solemne promesa, tendría que haber medio millón de vástagos para que hubiese la suficiente base genética como para poder procrear con las razas del mundo e infundirle la sangre adánica, rehabilitadora, física, mental y espiritualmente. Aún faltaba mucho para llegar a ese número. Antes había que incentivar las relaciones comerciales y de amistad con Oriente y Occidente y luego, ya nuestros descendientes, se expandirían pacíficamente y se mezclarían con todas las razas. Edén era lo suficientemente grande como para albergarles a ellos y a todos los edenitas, que durante decenas de años habían seguido trabajando en el Jardín y manteniendo sus instalaciones. Allí, en aquella tierra ajardinada y segura se había quedado a vivir la mayoría de ellos.

Pero, ¿cuándo llegaríamos a ese medio millón? Y ¿para qué, dadas las circunstancias? Si apenas podíamos extender nuestra área de influencia más allá de las murallas de Edén. En cien años, solo habíamos fundado colonias a no más de quinientos kilómetros de nuestras fronteras y, para ello, habíamos usado los asentamientos ya establecidos por Van, mucho antes de llegar nosotros. Sabíamos que Caligastia, con su grupo más estrecho y con la ayuda de un gran número de seres intermedios rebeldes, incentivaba de alguna manera la animosidad de las tribus circundantes.

Las tribus noditas de Mesopotamia eran las más receptivas a nuestros objetivos y con las que más fácil había sido nuestro contacto, especialmente con la confederación occidental, la más numerosa; los noditas del norte se habían negado a colaborar con nosotros. Nuestras propias y fieles criaturas intermedias, de algo más de mil individuos, nos habían ayudados en este acercamiento, neutralizando en lo posible las mayoritarias fuerzas rebeldes. Los noditas, por sus ancestros, eran las razas más aptas para el mestizaje con la sangre violeta, aunque ellos ya estaban mezclados principalmente con el hombre azul, con el rojo y con el linaje andónico aborigen. De todos modos, no eran suficientes.

En general, el mundo no avanzaba. Lograr la mejora de las razas parecía estar muy distante, y las circunstancias eran tan desoladoras que para solucionarse se necesitaban tomar medidas no contempladas en los planes originales. Jamás nadie nos podrá achacar que no lo intentamos ni acusarnos de falta de lealtad hacia el sagrado mandato que juramos antes de llegar. Estábamos aislados de seres de nuestro propio orden y profundamente consternados por la penosa situación del Urantia.

Sentíamos la enorme pesadez de la soledad. Lentamente nuestra valentía se debilitaba, nuestro ánimo decaía y, algunas veces, casi nos flaqueaba la fe. Éramos plenamente conscientes de la dificultad de llevar a cabo nuestra misión planetaria. Sí, los melquisedecs nos habían dicho que para tener éxito debíamos ser muy pacientes, y yo, mucho más que Adán. Me angustiaba pensar en aquella larguísima prueba de resistencia. Quería ver resultados inmediatos, aunque, en realidad, no llevábamos mucho tiempo, solo algunos más de los que los voluntarios, bajo el mando de Van y Amadón, habían tardado en construir nuestra bella residencia ajardinada. Le agradecíamos inmensamente el largo camino recorrido desde la elección de los voluntarios, la búsqueda del lugar y todos los contratiempos que habían tenido que vencer. Deberían haber sido un modelo para nosotros.

II LA ASAMBLEA DE VOLUNTARIOS

Los voluntarios estaban en una gran explanada próxima a Decania, una de las más importantes sedes culturales del mundo tras el hundimiento de Dalamatia. Los seres intermedios, criaturas a medio camino entre el mundo espiritual y el material, se habían encargado de convocarlos en cada uno de nuestros sesenta y un asentamientos. El mensaje había sido simple, pero atrayente para las almas más aventureras: *"Te necesitamos para construir el Jardín de Edén, la ciudad de los hijos prometidos."* Por el tipo de tarea que nos esperaba, Amadón y yo habíamos requerido unas condiciones que se transmitieron igualmente a todos esos poblados: Tenían que ser hombres y mujeres, fuertes y sanos, entre los dieciocho y veinte años, sin responsabilidades familiares. Había mucho que hacer y no sabíamos cuánto tiempo llevaría aquella ambiciosa y prometedora empresa, ni siquiera cuándo llegarían los hijos materiales. Tabamantia, inspector de mundos experimentales como Urantia, no había podido asegurarnoslo. Por eso, no mucho tiempo después de su anuncio yo había decidido comenzar con los preparativos.

Eran más de tres mil, la mayoría noditas y amadonitas, aunque también miembros de dos de las siete razas sangiks, especialmente la azul y la amarilla. Los noditas, la octava raza de la tierra, habían venido mayormente de Arcés, un populoso poblado cercano del enorme lago Van, antiguamente llamado precisamente Mar de Arcés por sus enormes proporciones. Los primeros colonizadores habían querido que llevara mi nombre. Había sido el primer asentamiento que fundamos tras Decania, y Amadón y yo habíamos pasado cientos de años allí en aquel bello entorno, organizando esta importante sede. Los noditas que residían allí se habían unido a nosotros dando la espalda al rebelde Caligastia. Había sido una especie de hogar, como lo era Decania, a la que volvimos tras organizar otros sesenta asentamientos por todo el continente asiático. Otros noditas se habían desplazado de lugares situados más al norte, en zonas cercanas al lago Seván, de alta montaña. Estos "hijos de los dioses", como les llamaban las tribus sangiks, eran descendientes del rebelde Nod, miembro como yo de la comitiva corpórea del príncipe, llegada de Jerusem. A pesar de ello, muchos se unieron a nosotros tras la guerra.

Aunque andonitas genéticamente, tenían una complexión física más fuerte que estos y una inteligencia muy superior a la del resto de los mortales. Si bien, al mismo tiempo, cierta predisposición a hacer gala de su superioridad racial. Había otros poblados primordialmente noditas, aunque más mezclados con otras razas, especialmente con la andonita, la azul y la verde. En estos casos, su apariencia era bien distinta.

Algunos amadonitas voluntarios venían de un asentamiento situado al sureste, en los alrededores de otro gran lago, el Urmia, a casi trescientos kilómetros de distancia. En el triángulo formado por estos tres lagos había importantes focos de civilización. En realidad, por toda aquella entonces bella y fértil área, desde el nacimiento conjunto de los ríos Éufrates y Tigris, hasta llegar por el este a las altiplanicies de la India occidental, donde estaba Decania, y, por el oeste, a la cuenca del Mediterráneo, estaban la mayoría de los núcleos de población, que habíamos logrado fundar, no sin la sinuosa oposición de Caligastia, el príncipe depuesto, y los suyos. Eran sedes de ética y cultura, en el más amplio sentido de la palabra, avanzadillas de la civilización, que trataban de iluminar al caótico mundo que el príncipe había dejado. Desde allí, además de intentar entablar relaciones comerciales con los demás pueblos, se irradiaba la cultura a todos los que eran receptivos a ella; aún había bastantes tribus en estado de salvajismo. Otros amadonitas venían de la misma Decania a escasos kilómetros de la explanada.

Este grupo no constituía una raza aparte como los noditas. Procedían del colectivo de ciento cuarenta y cuatro andonitas leales al que pertenecía Amadón, y que habían llegado a conocerse con su nombre. Dicho grupo constaba en su origen de treinta y nueve hombres y ciento cinco mujeres. Cincuenta y seis de ellos tenían la condición de inmortales y a todos (salvo a Amadón) se les había trasladado a Jerusem junto con los miembros leales de la comitiva. El resto de este noble grupo había continuado en Urantia hasta el final de sus días mortales bajo mi dirección y la de Amadón. Se erigieron como la levadura biológica que se multiplicó y continuó ofreciendo liderazgo al mundo a través de las largas y oscuras épocas de la era que siguieron a la rebelión.

Aunque hacía miles de años de aquello, entre amadonitas y noditas siempre había habido una tradicional enemistad. No obstante, allí estaban, unidos ante un alentador proyecto común, cuyos detalles aún desconocían. Los sangiks que se habían unido procedían del norte; habitaban la región cercana a la cuna de Tigris y el Éufrates, en los bosques septentrionales de las montañas de Anatolia. Hasta esas tribus habían llegado las enseñanzas de los nuevos centros de cultura fundados por nosotros, aunque dirigidos ahora por líderes locales. Los melquisedecs me habían nombrado jefe del consejo de administración mundial y de las relaciones con las razas humanas, y yo había delegado poder en estos líderes.

Si bien, además de estos asentamientos, había miles de poblados de distintas razas en aquella extensa región, algunas aún en estado de salvajismo, y ya se había producido una intensa emigración con más o menos suerte —algunas razas habían sido exterminadas, otras se habían mezclado— a prácticamente todos los lugares del mundo. Casi desde que el ser humano existía, hacía algo menos de un millón de años, las desavenencias, la búsqueda de alimentos y el innato afán de aventura habían empujado a hombres y mujeres más allá de su tierra natal en la península mesopotámica.

Al llegar con Amadón, mi más estrecho colaborador, en el momento fijado, ya estaban allí los voluntarios. Habían venido durante la última semana. La asamblea tendría lugar en la segunda luna llena del año, al mediodía del séptimo día, cuando el sol estaba en su cenit. Y, efectivamente, el gran astro estaba en todo lo alto, pero hacía bastante frío. Las colinas más altas de la cadena montañosa occidental que nos separaban del mar estaban nevadas. No me preocupé demasiado porque, además de ser personas fornidas, llevaban ropa apropiada para aquel clima, largas túnicas de lana de oveja. Nosotros vestíamos igual. Hacía mucho tiempo que en las escuelas del príncipe de Dalamatia se había enseñado la tejeduría, un arte que no se había llegado a perder del todo. Los distintos colores y formas de las túnicas, algunos ornamentos y cortes de cabellos y barbas hacían distinguir a las distintas razas o grupos humanos.

Cuando nos vieron, se oyó un murmullo, mezcla de admiración y respeto. A pesar de las distancias, desde hacía cientos de años se había corrido la voz de que, gracias a un árbol venido del cielo, éramos inmortales. Pero, aunque comprendía su actitud, yo siempre había sido firme en la idea de que no éramos dioses y así lo había trasmitido a todas las generaciones. Nadie debía rendirnos culto, una tendencia muy generalizada en los seres primitivos ante todo lo misterioso. Solo el Padre, la Primera Fuente y Centro de todo, tan denostado por Caligastia, era digno de adoración.

Además de Amadón, había a mi lado algunos ángeles y seres intermedios leales con Roltán, su líder, estos últimos invisibles para los seres humanos. Los melquisedecs no estaban presentes. Nos habían encomendado a nosotros la búsqueda y construcción

34

de Edén. Y sabiendo que los voluntarios estaban deseosos de oír lo que teníamos que decirles, nos subimos a un promontorio rocoso y comencé a hablar. Todos callaron de repente.

—Queridos compañeros, fieles seguidores de Miguel, el soberano de nuestro universo —dije levantando la voz para que todos me oyesen—. Gracias por responder a nuestra llamada. Sé que algunos os habéis desplazado desde lugares muy lejanos. Comprendo también que estéis expectantes a lo que yo os tengo que decir, pero antes me gustaría que recordáramos la oración que Hap enseñó a vuestros ancestros en Dalamatia. Hemos intentado que esta oración perviva en las mentes y en los corazones de todos vosotros durante milenios. Os la recuerdo y os pido que la digamos juntos:

"Padre de todos, a cuyo hijo honramos, míranos con favor. Libéranos de todo temor, salvo del temor de ti. Haz que contentemos a nuestros maestros divinos y pon por siempre la verdad en nuestros labios. Líbranos de la violencia y de la ira; concédenos respeto por nuestros ancianos y por lo que es de nuestros semejantes. Danos en esta estación pastos verdes y abundante rebaño que alegren nuestros corazones. Oramos para que se apresure la venida prometida de aquel que nos exaltará. Hágase tu voluntad en este mundo tal como otros la hacen en los mundos del más allá."

Amadón y yo fuimos recitando la oración al unísono con aquella entusiasmada multitud. Desde pequeños, cada séptimo día, en el templo de todos nuestros asentamientos, se decía y estudiaba "La oración del Padre" junto con otra, "La vía del Padre", también impartida por mi antiguo compañero Hap, que constaba de siete mandamientos. Los voluntarios la repitieron con gran devoción en la lengua que todos conocía, un dialecto del andónico primitivo, y tuvo el efecto de unirlos, aunque creó una sensación agridulce en los noditas. Su antepasado, Nod, se había adherido a la secesión de Caligastia tras la rebelión de Lucifer, dándole la espaldas a Van y a compañeros suyos como al mismo Hap. Había pasado mucho tiempo, pero esa desazón persistía entre algunos de ellos que, a pesar de su orgullo racial, se sentían avergonzados de aquel tenebroso pasado.

—Pues bien —continuó Van —, aquel que os exaltará, como dice la oración, y cuya llegada se os prometió, vendrá y necesitamos dar los primeros pasos y preparar una ciudad ajardinada para él, su futura progenie y sus ayudantes. Viene de Jerusem, y no lo hace solo. Lo acompaña una mujer, su esposa. Sus nombres son Adán y Eva. Ellos se convertirán en los soberanos del planeta cuando Amadón y yo, y los doce melquisedecs abandonemos el planeta.

Los voluntarios me miraron y se miraron entre sí. Estaban ilusionados de poder formar parte de aquella importante misión, aunque al mismo tiempo noté cierta decepción. No creo que aceptaran bien que sus líderes tuviesen que dejarles alguna vez.

—Aunque no a ellos particularmente, conocí al orden de hijos materiales en Jerusem antes de venir a la tierra —añadió Van—, y sé que siempre residen, tanto allí como en los mundos a los que se les destina, en viviendas ajardinadas sencillas pero placenteras…

Antes de que siguiera hablando, un hombre de raza azul le preguntó:

—¿Cuál es la misión de estos hijos materiales? —preguntó el sangik.

—Su misión principal es la de elevar la civilización —le contesté—. En la ciudad jardín que comenzaremos a construir y que llamaremos Edén, ellos establecerán su sede; allí se multiplicarán, y su progenie, no ellos mismos, se cruzará con los seres del mundo, donando su sangre y, con ello, su mayor fortaleza física, inteligencia y percepción espiritual. Crearán una raza potente, la raza violeta, la más fuerte de la tierra, que propagará los nuevos conocimientos y logros a todos los confines del planeta. Por primera vez, disminuirán las guerras raciales y las luchas tribales. Será una era de fraternidad social. La raza violeta abrirá nuevas vías de intercambio comercial y contribuirá a la expansión de la cultura y al rápido mejoramiento de las razas evolutivas del mundo. Les quise presentar un panorama esperanzador. Era en verdad lo que ocurría en los planetas normales. En estos, la llegada de los hijos materiales habitualmente anunciaba la proximidad de una gran era de invenciones, de progreso material y de lucidez intelectual. La era post-adánica era el gran período de la ciencia en la mayoría de los planetas, pero tenía mis dudas de que fuese así en Urantia, a no ser que los nuevos gobernantes del planeta tomaran las decisiones correctas. Aunque el planeta estaba poblado por razas aptas físicamente, las tribus generalmente languidecían en las profundidades del salvajismo y del estancamiento moral.

Yo les hablaba a los voluntarios consciente de que la mayoría me entendía. Durante generaciones, en las escuelas, los habitantes de nuestros asentamientos habían recibido formación sobre la historia del planeta y sobre aspectos relativos al universo y a sus moradores celestiales. En dichas escuelas, continuación de las de Dalamatia, también se instruía en la agricultura y en la ganadería, al igual que en la tejeduría, la alfarería, la metalurgia, la construcción y en las relaciones comerciales con otras tribus. Todos conocían la historia de la rebelión de Lucifer y cómo había repercutido en el planeta. No queríamos que aquello se olvidase.

—¿Por qué se les llama "Jardines de Edén"?— quiso saber una mujer amadonita.

—Se llaman así en honor de Edentia, la capital de la constelación —le contesté—, y debido a que se diseñan siguiendo la grandeza botánica de este mundo sede de los padres altísimos. Son creaciones extraordinarias en mundos ordinarios.

—¿Sabéis cuándo llegarán? —preguntó un nodita.

—No se puede saber con certeza —le respondí sin querer mencionar a Tabamantia para no crear una confusión innecesaria—, porque las comunicaciones interplanetarias siguen cortadas, pero no creo que tarden mucho. Nuestro planeta cumple todas las condiciones para que acudan pronto. Y la construcción de Edén llevará tiempo. Hemos de empezar pues a preparar ese hogar ajardinado y facilitar su trascendental misión. Al mismo tiempo, en lo que podamos, debemos proclamar su venida a las demás tribus.

Oí un murmullo. Quizás pensaran que la llegada de estos hijos prometidos estaría próxima y que ellos mismos podrían darle de forma personal la bienvenida. Pero no podía confirmarles nada.

Tampoco quise advertirles de que el príncipe rebelde trataría de socavar cualquier intento de rehabilitar el planeta, que él mismo había llevado al caos, y que en aquel momento deambulaba por aquella explanada no con buenas intenciones. Nada podría hacer personalmente contra los presentes, porque ni él ni sus secuaces podían controlar las mentes humanas normales, y muchos se habrían desanimado y habrían desistido de seguir adelante. Además, ellos no podían verlos. Sí se lo comuniqué a Amadón, para quien tampoco eran visibles. Era consciente de que el príncipe utilizaría alguna de sus artimañas, pero él y yo ya le habíamos vencido anteriormente, y esperábamos lograrlo una vez más con la ayuda de nuestras fieles fuerzas celestiales.

Al terminar de hablar, como ya habíamos planeado, y sin perder de vista a Caligastia, hice señas a Amadón para que se dirigiera a los voluntarios. El viento había comenzado a arreciar y el frío empezaba a calar hondo. Aquellos eran los últimos fríos, inusuales para una zona más propensa a intensas lluvias.

—Soy Amadón —se presentó—.Ya me conocéis muchos de vosotros. Van me ha nombrado su ayudante personal en este proyecto y me encargaré junto con otros colaboradores de organizar los trabajos y seguir sus mandatos en cuanto a la construcción del Jardín. De momento, vamos a hacer cien compañías con un capitán a cargo de cada una de ellas. Serán los oficiales de enlace con nosotros. Viendo el número de los que habéis venido habrá alrededor de treinta personas en cada compañía.

—¿Cómo se hará esta división? —preguntó un amadonita.

—Se hará por grupos raciales. Cada cual formará un número determinado de compañías y elegirá a su capitán —le contestó.

Por el rumor de voces me di cuenta del desconcierto que las palabras de Amadón habían ocasionado, pero tenían que empezar a aprender a trabajar en equipo. Muchos no se conocían entre sí y, además, tenían que elegir a un líder de grupo. Esto podría hacer que surgieran rivalidades entre ellos. Entonces, vi un movimiento extraño entre las filas de Caligastia y adiviné que quería aprovechar aquel momento de confusión.

—Caligastia intenta hacer algo —le comuniqué casi al oído a Amadón—. Quiere desestabilizar a los voluntarios. Hay un grupo de seres intermedios que se dirige hacia los noditas. Es posible que su prepotencia racial les haga, de alguna manera, ser receptivos a estas maléficas influencias.

El andonita, sin embargo, no se amedrentó por aquello ni le coartó el ánimo, y se dirigió a los futuros trabajadores del Jardín con entereza:

—Os pido que seáis generosos, sabios y comprensivos en vuestra decisión y no os dejéis llevar por lo que no sea el bienestar de la humanidad.

Yo iba a tomar la palabra, pero conocía bien a Amadón y le había dejado hablar. Él había sido el héroe humano más destacado de la rebelión de Lucifer. Con la mínima inteligencia de un ser primitivo, había permanecido firme al servicio de la verdad y siempre leal a Miguel, el soberano del universo local de Nebadón.

Al escuchar las palabras de Amadón, los voluntarios se miraron entre ellos sin comprender demasiado estas recomendaciones, pero siguieron con lo que se les había mandado. Durante la siguiente hora y media, se dividieron primeramente por razas. Había mil doscientos cincuenta noditas, mil trescientos amadonitas, doscientos miembros de la raza azul y trescientos cincuenta de la raza amarilla. Los noditas formaron cuarenta compañías; los amadonitas, cuarenta y dos; los sangiks de raza azul, siete; y, los sangiks de raza amarilla, once.

Observé que Caligastia había dado orden a Beelzebú, líder de los seres intermedios rebeldes, para que actuase, antes de que las distintas compañías seleccionasen a sus respectivos capitanes. Y, aunque estos seres no podían dominar las mentes de los seres humanos, si podían crear voces que pareciesen salir de los propios subconscientes de algunos voluntarios noditas e influir en sus decisiones. Realmente, el príncipe había deformado la naturaleza de ayuda espiritual innata en estos seres. Roltán, el líder de las criaturas intermedias leales, me informó de que intentaban inculcarles una idea ya arraigada en ellos: que eran muy superiores a las demás razas y que debían ser ellos los capitanes de cada grupo. La estrategia de Beelzebú era inteligente, puesto que de seguir adelante, a pesar de la confusión y las deserciones que podrían devenir, muchos noditas con capacidad de decisión estarían, sin saberlo, bajo su influencia.

De momento decidí no intervenir. Al igual que se había hecho en los tiempos de la rebelión, durante los siete años que duró la contienda, los melquisedecs no tomaron las riendas del mundo hasta que el último ser celestial hubiese tomado su decisión final. Aquello era diferente, pero la intención era que la libertad de voluntad prevaleciera y que los voluntarios supiesen sobreponerse a estas influencias. Deseábamos personas fieles a los ideales a los que se iban a comprometer.

No me sorprendí cuando, al poco tiempo, un representante de los noditas llamado Rot se dirigió a nosotros dos y al resto de los voluntarios.

—Por nuestra mayor inteligencia —expuso con voz alta y clara—, creemos que habría que reorganizar los grupos para que sea siempre un nodita quien dirija cada una de las cien divisiones.

Aquello hizo que miembros de las demás razas, especialmente los amadonitas, se alterasen y se oyera un griterío de queja y repulsa ante esta imposición. Entonces habló Ankal, uno de los que se prefiguraban como capitán de su compañía y portavoz de todo el grupo de amadonitas. Ankal era instructor de las escuelas de Decania. Tras pedir silencio, manifestó con entereza, pero con voz tranquila, queriendo cortar de raíz aquel breve conato de discordia:

—Con estas palabras, tú y tus compañeros demostráis una vana soberbia racial. Sí, es cierto, sois personas mejor dotadas biológicamente que la mayoría de nosotros, pero no por ello sois superiores ni a nosotros, los amadonitas, ni a las otras razas. Ese tipo de orgullo es engañoso, emponzoñante y el origen del pecado tanto en el individuo como en el grupo, en la raza o en la nación. Es literalmente verdad: delante de la destrucción va el orgullo, y delante de la caída, la arrogancia de espíritu.

El nodita se quedó callado por unos instantes sin saber qué decir. Miró a su alrededor a los otros de su misma raza, pero el mutismo se había adueñado del grupo.

—Somos hijos de los dioses venidos de fuera. Nod, el jerusemita, de la comitiva corporal del príncipe fue nuestro ancestro —afirmó algo intimidado por la respuesta de Ankal— y pensamos que dirigiendo nosotros los grupos se podrá cumplir el proyecto con mayores garantías.

—Pocos de vosotros sois noditas por línea directa; estáis mezclados con la raza andonita y con los sangiks —añadió Ankal—. Pero, incluso así, mejor no remover el pasado. Todos sabemos lo que ocurrió con Nod. El que rige su espíritu es más poderoso que el que toma una ciudad. Tenemos que estar juntos en este hermoso proyecto.

Todos menos ellos vitorearon sus palabras.

—El portavoz de los noditas —intervino Amadón— no se ha dado cuenta del alcance de los términos en los que se ha expresado. Os quiero decir a vosotros, descendientes de Nod, cuya historia conozco muy bien, que usaremos vuestras extraordinarias habilidades para el bien de nuestro cometido, sin por ello subestimar la labor de los demás. Habrá muchas ocasiones para ello. Cada cual tiene habilidades únicas, que se pondrán en uso en este complejo pero esperanzador plan.

Las últimas palabras de Amadón parecieron convencerles.

—Parecen razonables tus palabras —dijo Rot—. No entendemos qué nos ha podido pasar.

—Os ruego entonces —pidió Amadón— que elijáis todos a vuestros capitanes y os dividáis por grupos separados. En realidad, además, aunque hay distintas comunidades raciales predominantes entre vosotros, todos tenéis mezclas de unas y otras razas.

Tras lo sucedido, en poco tiempo estaban las cien compañías dispuestas en la explanada y el capitán al frente de cada uno de ellas. Le pedí a Ankal que tomase nota de los distintos grupos. Hacía tiempo que la escritura se había creado, a partir del alfabeto de Fad. Siguiendo mis instrucciones, Ankal sacó un pergamino hecho de piel adelgazada en el que fue anotando los nombres de los capitanes y el número de voluntarios en cada grupo.

—Antes de marchar a Decania —continué—, me gustaría preguntaros si queréis añadir algo o tenéis alguna duda. Si no es así, entenderé que todos os comprometéis en este momento a la realización de una de las mayores obras de la humanidad tras Dalamatia.

Nadie dijo nada. En sus ojos podía leerse la ilusión por la aventura que se abría ante ellos.

—Gracias por vuestra generosidad —dijimos Amadón y yo casi al unísono.

—Partamos ahora para Decania —añadió Amadón—. El sol no tardará en ponerse y amenaza lluvia helada. En el poblado encontraréis vivienda y comida. Numerosas familias se han ofrecido para proveeros de todo lo que necesitéis y durante el tiempo que haga falta.

Y todos nos dirigimos hacia allí. En el camino había árboles frutales y manantiales que podrían ayudarles a saciar su hambre y su sed.

Caligastia y los suyos se alejaron también, pero en dirección sudeste. Seguramente, volvían a su sede situada al sur de Mesopotamia, en una isla del Golfo Pérsico; no muy lejos de donde yacía hundida la ancestral capital cultural del mundo. Sí me di cuenta de que había dejado apostados a algunos de sus seres intermedios. Ellos le comunicarían todo lo que observasen. No podían entrar en las reuniones de las comisiones porque eran visibles para mí y los demás seres celestiales, pero podrían estar atentos a nuestros movimientos.

III BÚSQUEDA DE UN LUGAR IDEAL PARA EDÉN

A pesar de aquel contratiempo inicial, la favorable respuesta de los voluntarios había supuesto un gran estímulo para nosotros, en especial para Van, y un impulso para continuar con el formidable proyecto de construir Edén. Ya se habían formado las distintas compañías, pero, aunque Van estaba absolutamente seguro de la llegada de los mejoradores biológicos, el no conocer cuándo sucedería realmente le creaba cierta incertidumbre. No obstante, había que empezar ya a formar a los trabajadores, encontrar el sitio ideal para el Jardín y, tras ello, emprender la difícil y colosal tarea de trasladar Decania, la que durante milenios había sido la capital cultural del mundo. El traslado era obligado; Edén se convertiría en la nueva capital, y los mejoradores biológicos, en los nuevos gobernantes del planeta. Alguna vez me había expresado el desasosiego que sentía: "Querido amigo Amadón, quizás debería haber esperado algo más antes de tomar estas importantes decisiones. ¿Estaré siendo imprudente?" "No lo creo," le había contestado con total sinceridad. "¿Hasta cuándo íbamos a esperar? Por las circunstancias planetarias de aislamiento, difícilmente podríamos saber con total seguridad la fecha exacta de la llegada de los hijos planetarios. Tabamantia tampoco lo dijo." "Gracias siempre por tu incondicional apoyo, Amadón", me había respondido.

Mucho antes de haber tomado la decisión de solicitar voluntarios para su proyecto, Van ya había manifestado abiertamente su convencimiento de la pronta llegada de los hijos materiales, pero sus ideas no habían tenido una buena acogida. Por ello, y por lo que conllevaría su determinación del traslado de sede, había reunido a los diez consejos de la Junta de Administración Planetaria, del que era presidente, y a los representantes de los distintos oficios para presentarles oficialmente sus propuestas. Como esperaba, no todos se habían mostrado receptivos. Las mayores reticencias habían venido de los poderosos herreros. Si bien, tras la exposición de distintos argumentos y la seguridad de la innegable venida de Adán y Eva, su plan se había aprobado. Era un líder por el que todos sentían un enorme respeto y admiración. Van, al igual que lo había sido en Dalamatia, era aquí el Jefe del Tribunal Supremo de Coordinación Tribal y Cooperación Racial —en Anova, su plancta nativo, también había sido un notable jurista— y era reconocido por juzgar con misericordia y equidad. Los seres celestiales y yo mismo le apoyábamos sin fisuras... Pero mis pensamientos se vieron interrumpidos de repente por su voz, siempre amable:

—Llegamos. Mira cómo la gente ha salido a recibir a los trabajadores voluntarios.

Efectivamente, allí estaban. Los decanenses eran personas muy acogedoras. La oscuridad se nos había venido encima de repente, casi no se divisaban ya las montañas, y muchos de ellos habían salido de sus casas con antorchas para darles la bienvenida. Aquello sin duda era motivo de satisfacción para él; en cierto modo, significaba una manifestación espontánea de confianza. Empezaban a caer copos de nieve, algo inusual en aquella región, y nuestro eficiente Ankal se apresuró a distribuir a los voluntarios en los distintos hogares donde comerían y pasarían la noche. Al día siguiente, se alojarían en las instalaciones del complejo educativo de Decania para su instrucción. La comunidad se encargaría de su sustento. Van, con el asesoramiento de los melquisedecs, había fomentado una sociedad justa y solidaria, y su liderazgo moral y espiritual era indiscutible.

Dos días después, siguiendo sus indicaciones, convoqué a los cien capitanes y les pedí que cada cual trajera a sus mejores exploradores. En la reunión, en la que yo también estaba presente junto con algunos miembros de la Junta de Gobierno, tras unos momentos preliminares de saludos y el solemne recitado en voz alta de la Oración del Padre, Van tomó la palabra:

—Quiero que conozcáis a Amir, un joven y prometedor arquitecto, que se ha encargado de diseñar el proyecto. Trae como veis una primera maqueta de Edén, no solamente de la parte urbana sino de todo el territorio que se necesitaría ocupar. Él se encargará de presentar su trabajo y os animo a que expreséis vuestras opiniones:

—Esto no es más que una idea inicial basada en las orientaciones de Van y dependerá del lugar que encontremos —dijo Amir, colocando la maqueta en un lugar visible para poder ir señalando dónde irían sus diferentes partes—. Se trata de encontrar un área con espacio suficiente y recursos para construir la sede administrativa, las viviendas para los trabajadores y sus familias, parcelas para las escuelas, las residencias de Adán y Eva y sus descendientes, terrenos para jardines, huertos y sembrados, caminos, canales de regadíos y sistemas de alcantarillado. Hemos proyectado asignar hogares y suelo suficiente para albergar a un millón de personas. En el centro, hecho de piedra como el que tenemos aquí en el poblado, estará el templo del Padre.

—Se buscarán terrenos para la ganadería en los aledaños del Jardín —añadió Van—. Los hijos materiales son vegetarianos y jamás se sacrificará a ningún animal dentro de los límites de Edén.

—Construiremos también una muralla rodeando la ciudad para prevenir las agresiones externas. Una vez finalizada, podremos proceder sin obstáculos a la verdadera labor de embellecimiento paisajístico y a la edificación de las viviendas —continuó Amir.

—Sí —intervino de nuevo Van—. Buscamos un lugar que sea fácil de proteger de ataques, pero que, a su vez, esté bien comunicado y ubicado para poder entablar relaciones de amistad e intercambios comerciales. Es crucial para los hijos materiales aumentar su área de influencia.

—Debe tener también agua en abundancia, preferentemente un río tranquilo, sin riesgo de inundaciones, con abundantes afluentes, cuyas aguas den de beber y rieguen los huertos y sembrados —comenté yo.

—Habrá que encontrar, pues, una tierra fértil y con buen clima —dijo uno de los exploradores.

—Sí, y, como apuntaba Amir, necesitamos un lugar con suficientes recursos naturales, entre otros, el cobre, piritas de hierro y amianto, yeso, madera, sal, mármol, arcilla.

Durante varias horas, analizamos las condiciones que debería reunir el sitio elegido. Ankal se encargó de tomar notas. Con estas ideas, los capitanes, en los que se encontraba el mismo Ankal, eligieron a los exploradores más aptos para aquella misión. Una vez seleccionados, nos reunimos los siguientes días con ellos para ultimar los detalles. Eran miles de kilómetros por explorar, en condiciones que podrían llegar a ser muy adversas. Se descartó emplear a los fándores, nuestras aves de pasajeros, porque no eran suficientes y estaban extinguiéndose. No sabíamos por qué. Las usaríamos en el traslado, como avanzadillas de la caravana. Luego permanecerían en Edén para uso de los hijos materiales.

Y, en menos de una semana, un total de sesenta exploradores, divididos en tres grupos, partieron de Decania a caballo hacia el suroeste. Éramos conscientes del tiempo que podía tomar la búsqueda, por lo que habíamos decidido de antemano formar, entretanto, a los voluntarios en las distintas artes de la construcción, labranza y jardinería. El arquitecto mismo y sus ayudantes se encargarían de instruirles para llevar a cabo con éxito tal ilusionante empresa. Mantuvimos nuevas reuniones con la Junta de Gobierno y las distintas asociaciones, además de distintas asambleas multitudinarias, para informar lo más exhaustivamente posible a los habitantes de Decania, que sumaban más de cincuenta mil, del traslado de la sede. Tendrían que prepararse concienzudamente para transportar sus enseres, hacer un arriesgado viaje y disponerse a vivir una nueva vida. Pero además habría que llevar también una gran cantidad de tablillas y papiros de nuestra biblioteca con valiosos conocimientos de muy diferente índole.

Pero el tiempo de espera se fue alargando más de lo previsto. Hacía casi tres años que habían salido y no sabíamos nada de ellos. En los primeros meses, sus mensajes a través de las palomas mensajeras que se habían llevado con ellos eran siempre alentadores. Después no supimos nada más de ellos. Tuvimos que hablar varias veces con los trabajadores para que no se impacientasen; muchos empezaban a querer volver a sus lugares de origen. Los instructores habían dado ya por terminada su formación y no sabíamos qué más hacer. "Quizás hayan muerto todos," me había dicho Van consciente de la arriesgada misión de los exploradores". "Hemos elegido a los más expertos, no te preocupes", había intentado animarle.

No obstante, fueron realmente años de inquietud y desazón en los que llegamos a pensar, tanto él como yo, que nuestro gran proyecto se había malogrado. "Tendríamos que empezar de nuevo", nos decíamos algunas veces. Pero siempre había un hilito de esperanza que nos mantenía adelante. Una tarde, sin embargo, nuestros vigías nos avisaron de que se acercaba un grupo de personas a caballo e imaginamos que podrían ser ellos. Envié a algunos de mis hombres en su búsqueda y efectivamente eran ellos. Abrimos las puertas de las murallas. Muchos salieron a saludarles con alegría cuando se enteraron. Los recibimos en la plaza anexa al templo. Llegaron extenuados, contando todo lo que les había ocurrido hasta encontrar un territorio que creían adecuado, una isla en el Golfo Pérsico, cerca del continente, a la que habían llegado a nado cuando la marea estaba baja. Pero una gran manada de enormes lobos, abundantes en aquella zona, había irrumpido en el campamento una fatídica noche, a pesar de la vigilancia, y había hecho estragos en ellos. Algunos habían muerto; otros habían quedado malheridos.

—Es una alegría que hayáis vuelto, aunque sentimos mucho lo que ha sucedido. Para nosotros sois héroes. ¿Sabéis algo de los otros dos grupos? —les preguntó Van.

—Vimos fuego anoche en la lejanía. Posiblemente haya otros exploradores que estén a punto de llegar.

—Comed y descansad ahora. Ya nos informaréis a su debido tiempo. Dios os bendiga.

—Cada vez me siento peor —me dijo Van cuando nos quedamos solos—. Quizás se podría haber evitado alguna muerte.

No supe qué responderle. Él sabía tan bien como yo la eterna lucha del hombre primitivo contra las fuerzas naturales. Pocos morían de muerte natural. Estábamos seguros de que con la llegada de Adán y la infusión de su sangre, al menos se evitarían muchas enfermedades.

Solo tres días más tarde, al mediodía, llegó el segundo grupo. Nuestros vigías nos avisaron con suficiente tiempo para ir a socorrerles. Según relataron, dos de ellos habían muerto despeñados por un alud cuando cruzaban una cordillera que discurría paralela al Mediterráneo, no muy lejos de donde habían encontrado un lugar que creían propicio. Al igual que a los anteriores, los recibimos como a héroes.

Durante cuatro meses, estuvimos esperando al tercer grupo. Fueron meses de intranquilidad, pero sin dejar de creer en la ayuda del Padre. Van tenía forma de averiguar lo que estaba sucediendo a través de los seres intermedios, pero no era partidario de usar las fuerzas celestiales, cuya misión era otra, a no ser que fuese estrictamente necesario. Pensaba que todo tendría que llevar su tiempo, según las circunstancias humanas. No obstante, la situación se estaba poniendo muy tensa y necesitábamos tomar ya algún tipo de decisión; así que fui yo mismo quien le insté a que lo hiciera. Me temía lo peor; incluso pensé que Caligastia les había hecho fracasar. Van envió entonces, con autorización de los melquisedecs, a cien de estas criaturas que los localizaron enseguida e informaron de que tardarían al menos dos semanas más. Enseguida dimos conocimiento del hecho. Todos estábamos ansiosos por saber cómo estaban y cuál había sido el lugar elegido. Cuando llegaron, aún de madrugada, la gente empezó a acumularse a su paso. De los veinte, solo doce habían vuelto; el resto había perecido a manos de una tribu salvaje. Como a los demás, se les hizo una primera e improvisada recepción en la plaza anexa al templo. Van tomó la palabra unos minutos para agradecerles su encomiable esfuerzo y para rendir homenaje a los que no habían podido volver. Después, se les dejó descansar y recuperarse durante todo ese día. A la mañana siguiente, presentaron su informe a la Junta de Administración, a los distintos representantes de los oficios y a los capitanes. Tenían muchas cosas que contar de su viaje, que nos ayudarían para el éxodo masivo que nos esperaba.

Con este informe, ya eran tres los que se habían recibido con los detalles de posibles emplazamientos para el Jardín: el primero era una isla en el Golfo Pérsico; el segundo, un emplazamiento fluvial en Mesopotamia, entre el Éufrates y el Tigris, y, el tercero, una península larga y estrecha —casi una isla— que sobresalía en dirección oeste desde las orillas orientales del Mar Mediterráneo. En una nueva reunión, se debatieron los pros y los contras de las tres localizaciones —particularmente me opuse a la isla del Golfo Pérsico por su cercanía con la sede de Caligastia— y, por votación entre los presentes, se optó casi unánimemente por la tercera opción. Se decidió entonces, que aunque algo precipitado, en dos semanas, ya casi a finales de primavera, partiríamos, a pesar de las lluvias torrenciales que se abatían violentamente sobre aquellas tierras en esa época. No podíamos esperar un año más y evitaríamos, por otro lado, el gélido frío de las montañas. Y, aunque los avezados exploradores que habían sobrevivido nos guiarían, la distancia era muy considerable y nos tendríamos que enfrentar a enormes obstáculos. La larga caravana encontraría ríos caudalosos, terrenos escarpados, bosques casi infranqueables, escasez de víveres y agua y, los peligros más temidos que habían acabado con algunos de los exploradores: la agresión

59

de animales salvajes y de las tribus hostiles que abundaban por todo el territorio. Van y yo temíamos también, y muy especialmente, al infausto príncipe y a sus siniestros seguidores. No sabíamos cómo actuarían; eran siempre imprevisibles. Éramos conscientes de que harían todo lo posible para frustrar cualquier tarea dirigida a la construcción del Jardín. Contaba con sus perversos colaboradores, Daligastia y Belcebú, y cuarenta mil ciento diecinueve seres intermedios rebeldes. Nosotros solo teníamos diez mil de estas criaturas de nuestro lado, aunque totalmente dispuestas a neutralizarlas fuese como fuese y hacer avanzar aquella misión tan trascendental para la humanidad. Todos pondríamos de nuestra parte en la arriesgada pero prometedora aventura.

En el tiempo previsto, a las primeras luces de la aurora partimos. Era una larguísima caravana de más de cuarenta mil personas. No sabíamos cuánto tardaríamos y, lo peor, cuántos llegarían sanos y salvos a tan preciado lugar.

IV Y LLEGAMOS A LA PENÍNSULA EDÉNICA...

Y salía de Edén un río para regar el huerto, y de allí se repartía en cuatro brazos. El nombre de uno era Pisón; este es el que rodea toda la tierra de Havila, donde hay oro; y el oro de aquella tierra es bueno; hay allí también bedelio y ónice... (Génesis)

*E*l viaje desde Decania en las altiplanicies del oeste de la India hasta la península mediterránea en la que se construiría Edén nos llevó dos años, más tiempo del que en un principio supusimos. La caravana era larga, de casi tres kilómetros. Iban más de trescientas carretas tiradas por grandes bueyes y muchas personas a caballo y a pie. Además de los enseres necesarios para el nuevo hogar, llevábamos animales domésticos como corderos y cabras, al igual que plantas y semillas de frutos y legumbres y abundantes víveres. También nos acompañaba un buen contingente de soldados bien equipados con armas de bronce y de hierro. Íbamos muy lentos, tratando de sortear cualquier peligro. No todos los habitantes de la entonces sede mundial de la cultura nos habían acompañado. Se decidió que las personas de avanzada edad y los enfermos incapaces de emprender aquel largo recorrido se quedaran en la capital, junto con un buen número de familias. Tampoco queríamos que se perdiese del todo su rico legado. Amadón y yo habíamos informado de esto a representantes de los distintos oficios, pero, en realidad, no habíamos tenido que decidir quiénes tendrían que quedarse. Amedrentados por la distancia, la incertidumbre y los peligros que podían correr, muchos habían desistido de emprender aquel viaje. Al final, casi el ochenta por ciento de los decanenses había optado por acompañarnos.

En verdad, era dejar la seguridad de un poblado afianzado, provisto de todo lo necesario para vivir, y lanzarse a lo desconocido. Pero además, y lo comprendíamos, era arriesgarse a ser parte de un proyecto en el que no todos confiaban. La incertidumbre se había adueñado incluso de algunos voluntarios, tras tanto tiempo en Decania aguardando a los exploradores. No obstante, en su caso, el incentivo de la curiosidad, el afán de aventura y mis últimas palabras, alentándoles, al mismo tiempo que recordándole su solemne promesa, habían tenido un efecto positivo y ninguno había desertado.

—Ojalá que no haya ningún problema más adelante —me había dicho Amadón—. Estos hombres y mujeres han asumido una enorme responsabilidad. Han de estar suficientemente concienciados.

—Verás como todo va a ir bien, Amadón —le había respondido yo tranquilizándole como solíamos hacer mutuamente—. Edén estará listo para cuando los hijos materiales lleguen.

—Esperemos que Caligastia no trate nuevamente de dificultar nuestra labor —había añadido Amadón receloso—. Estará acechando y quizás lo intente cuando menos lo esperemos.

—Nuestros seres intermedios nos protegerán durante el trayecto. Ten la completa seguridad.

Así pues, a mediados de junio, llegamos al istmo de más de cuarenta kilómetros que unía el continente a la "península adánica", como yo mismo había bautizado a aquel esplendoroso territorio. Estaban todos los voluntarios menos Ankal, que había sido sustituido como capitán por otro de su grupo. Los melquisedecs habían dado instrucciones para que nuestro más cercano colaborador se quedase dirigiendo Decania de forma transitoria hasta que se eligiese otra Junta de Administración. Después, continuaría con su labor de dirigir las escuelas para seguir fomentando la cultura en el corazón de Asia, en aquel momento dominado principalmente por los andonitas y los hombres amarillos. Estos últimos, tras más de doscientos mil años de guerra, habían forzado a los hombres rojos a dirigirse a Norteamérica, continente entonces unido a Asia por el Estrecho de Bering. Ankal había tenido que despedirse de nosotros, no sin esconder su tristeza.

La larga caravana había llegado, aunque no sin graves incidentes a pesar de nuestra planificación. Los exploradores nos habían guiado por las rutas más propicias para evitar encuentros indeseados con las tribus hostiles, pero se habían despeñado tres de nuestras carretas cruzando un peligroso desfiladero y dos más habían sido arrastradas por las tumultuosas aguas del Éufrates a nuestro paso por Siria. Aunque habíamos decidido cruzarlo por zonas poco profundas, el deshielo de la primavera junto al incremento de las lluvias había provocado, casi de repente, una enorme crecida que sorprendió a las últimas de ellas. No habíamos podido hacer nada, pero no pude evitar sentirme de nuevo responsable de lo sucedido por haber alentado a tantas personas a que me siguiesen.

Por la noche, montábamos guardia y encendíamos hogueras para ahuyentar a los animales salvajes. Nuestros perros también nos prevenían de cualquier contingencia. Para llegar a la península adánica desde Decania habíamos tenido que cruzar todo el suroeste asiático. Muchas veces trataba de inculcarme que nuestro destino y cometido merecían la pena por el bien de la humanidad, pero aquello no me consolaba. Por otro lado, nuestros seres intermedios nos alertaron en varias ocasiones de presencias inhóspitas como las de Caligastia y los suyos, pero no hubo necesidad de enfrentamientos. Quizás estaban aguardando un momento más propicio para sus artimañas.

Como habíamos planeado, usamos a los fándores mayormente como avanzadillas. Nuestros enviados informaban a los poblados amigos, la mayoría fundados por nosotros, de nuestra llegada, y se nos esperaba para asistirnos en todo lo necesario. Gracias a esto, el líder local de un extenso asentamiento, situado no muy lejos del istmo, nos esperaba con otros hombres, antes de llegar a la península. Nos saludó con gran afectividad tras presentarnos.

—Os doy la bienvenida en nombre del Padre. Espero que hayáis tenido un buen viaje desde la lejana Decania.

—Lamentablemente, hemos tenido algunas desgracias. Todo sea por el bien de la humanidad —le dije.

—No os conocía personalmente. Sé que vosotros fundasteis este asentamiento hace ya algunos años.

—Sí. Aún no habrías nacido —añadió Amadón risueño sabiendo lo que pasaba por las mentes de las personas cuando pensaban en el tiempo y se percataban de nuestra apariencia siempre joven.

—Hemos procurado seguir siempre vuestras instrucciones en todos los aspectos de nuestra vida— añadió muy animoso—. Nuestros emisarios ya viajan a algunas tribus circundantes, la mayoría aún sumidas en la ignorancia y la violencia, llevando la idea de un Padre amoroso y la fraternidad de los hombres.

—Te damos la enhorabuena por ello —le dije.

—Yo os indicaré el lugar donde debéis acampar. Y os proveeremos de lo que necesitéis hasta que empecéis a formar vuestro propio poblado.

Y así lo hizo. Y, tras tanto tiempo de viaje y penalidades, siguiendo sus instrucciones, llegamos a una enorme explanada, antes de llegar al istmo de la península. Cuando paramos allí, de forma espontánea, nos acercamos al borde de un acantilado, desde el que pudimos ver, en dirección oeste, aquella alargada y frondosa franja de tierra, que parecía resbalar de modo caprichoso sobre el Mediterráneo.

—Mira, Van. Es el lugar más bello que jamás he contemplado —manifestó Amadón.

—Se leía la fascinación en su mirada y en la de los otros peregrinos.

—Exacto Amadón.

Desde allí, con la luz clara del mediodía, se veían las playas orientales de arena dorada de la península y unos inmensos palmerales. Detrás de estos, tras el elevado litoral costero, y exceptuando una alta cordillera, se percibían montañas de poca altura. Las gaviotas volaban tan bajo que casi rozaban nuestras cabezas. Sus graznidos se mezclaban con el batir de las olas sobre las rocas de decenas de pequeños islotes rocosos.

—Dios nos ha premiado con esta maravilla, querido amigo —exclamó conmovido Amadón.

—Sí, precioso regalo del Padre. Los exploradores no se han equivocado. Ahí construiremos el hogar perfecto para Adán y Eva. Conozco bien sus costumbres. Todo el territorio se convertirá en un bello jardín, el Jardín de Edén, que emule su residencia natal en Jerusem. Alguna vez la visitaremos juntos.

—Huele a romero y tomillo en esas tierras —interrumpió uno de los exploradores—, y las aves nunca dejan de cantar.

La península, rodeada del azul intenso del mar, parecía un sitio mágico, encantado.

—Desde aquí no podemos ver sus dimensiones, pero, como nos contasteis, es el territorio que necesitamos para construir la nueva sede mundial—dije.

—¿Qué dimensiones tiene? —preguntó uno de los peregrinos.

—Tiene un buen tamaño. Tardamos seis días en recorrerla de norte a sur y algo más de la mitad de lado a lado —añadió el explorador para quienes se habían aproximado le oyeran también—. Se puede ver que la parte este está rodeada de montañas. Sucede prácticamente igual en el oeste, aunque hay más acumulación al sur. Hay suaves altiplanicies en muchos lugares.

—El clima es muy agradable —dijo Amadón.

—Y muy constante —dijo otro de ellos—. Lo curioso es que a pesar de la frondosidad de sus árboles y de sus matojos, no parece llover demasiado en las llanuras.

—Esa estabilidad climática se debe a las mismas montañas que la rodean y al hecho de que es prácticamente una isla interior —interrumpí—. Seguro de que llueve en las altiplanicies y las plantas se nutren del agua que baja de ellas.

Me gustaba conocer todo lo que tenía que ver con los fenómenos atmosféricos y con las leyes que los regían. Tantos miles de años de vida en Urantia me habían otorgado un gran conocimiento de distinta índole y siempre procuraba transmitírsela a los demás.

—De hecho, el gran río que divisamos desciende de esas tierras altas y fluye en dirección este por esta gran franja peninsular—continuó el mismo explorador, señalando al istmo—. Parece nutrirse de cuatro ramales.

—Sí. Es el mismo río que llega a las tierras bajas de Mesopotamia, desde donde desemboca en el mar, a bastante distancia de aquí —comenté de nuevo mirando a Amadón.

Conocíamos bien Mesopotamia. Allí se había fundado la primera capital cultural del mundo.

—Y vimos también extraños destellos en algunas zonas montañosas —dijo el otro explorador.

Callé. Había detalles que los exploradores no nos habían contado antes por no creerlos relevantes. Lo más probable es que hubiese piedras y metales preciosos en aquellas montañas, y no quise alimentar la tentación de los trabajadores. Mi idea era la glorificación de la horticultura, la exaltación de la agricultura y la belleza paisajística.

El sitio elegido para el Jardín era probablemente el más hermoso paraje del mundo en su género. Lo más selecto de la civilización de Urantia se daría cita dentro de sus lindes. Fuera de allí, gran parte del mundo yacía en tinieblas y salvajismo; la península era el único sitio que parecía irradiar una singular luz. Era por naturaleza un ensueño de hermosura, y pronto su paisaje glorioso se haría poesía espléndida y perfecta.

Corrí la voz de que todos agradecieran a Dios por haber llegado hasta allí con la oración del Padre. Y el vocerío admirado de los peregrinos se convirtió en un murmullo silencioso de adoración al Creador. Al terminar, pensé con dolor en aquellos valientes peregrinos que habían perdido la vida. Estaba seguro de que recibirían su recompensa en las alturas.

Pronto comenzaríamos…

V ANTE LA HOGUERA

Y cuando venga el Espíritu de la verdad, él los guiará a toda la verdad pues no hablará por sí solo sino que hablará todo lo que oiga y les hará saber las cosas que han de venir. (Juan)

Aquella misma noche, a la luz de la hoguera, Amadón y yo estuvimos hablando de Adán y Eva. Era algo que ya habíamos hecho repetidas veces, pero mi colaborador andonita seguía con algunas interrogantes. Era curioso por naturaleza y yo quise también aprovechar sus preguntas para dar a conocer a estos hijos materiales, con más detenimiento, a algunos decanitas y a los voluntarios que, antes de retirarse a sus carretas para descansar, se habían acercado a la nuestra.

—…Amadón —le dije llamando su atención—, Adán y Eva fundarán la raza violeta, la novena en aparecer en Urantia. En los mundos de las mansiones tuve noticias del orden de los hijos materiales cuando aprendíamos sobre las criaturas celestiales de Satania. Cuando llegué a su mundo de origen, a conocí su orden de seres muy bien, como ya me has oído decir en otras ocasiones. Verlos con sus hijos en Jerusem es una fascinante escena que siempre despierta la atención de los peregrinos del tiempo. Son tan similares a las razas

71

humanas, también materiales y de naturaleza sexual, que hay un gran interés mutuo en compartir nuestros pensamientos y disfrutar de contactos fraternales.

—Ojalá que algún día pueda yo también conocerlos en Jerusem.

—Ten por seguro que sí.

—¿Cómo son físicamente, Van?

—Comparados con la mayoría de los seres de los mundos habitados, son muy altos. Varían entre los dos metros y medio y los tres, y sus cuerpos resplandecen con un halo de luz radiante de tonalidad violeta. En contraste con nosotros, de ascendencia andonita, de piel más morena, tienen la tez blanca y ojos azules; su cabello es de color claro, rubio, rojo o castaño. Al menos así eran en la capital de Satania. Es seguro que seguirán con ese aspecto tras su materialización en Urantia. Solo hay alguna transformación en su nutrición cuando no están en Jerusem. Físicamente, hombres y mujeres son todos iguales, tan solo difieren en su naturaleza reproductora y en ciertas dotes químicas. Están concebidos para servir en pareja en casi todas sus misiones.

Noté cómo cada vez más personas se acercaban para oírme hablar de esos hijos prometidos que tantas veces habían mencionado en sus oraciones. La curiosidad se palpaba en sus rostros. En el gran templo de Decania, dedicado al culto del Padre, yo comentaba con frecuencia muchos temas del universo y sé que se sentían fascinados por mis relatos. Amadón, no menos atraído, siguió con sus preguntas, casi ajeno en un principio a estos grupos de personas. Yo me vi obligado a levantar algo la voz y alguien puso más leña en la hoguera.

—Pero ¿por qué esa tonalidad de piel?

—No lo sé exactamente. Circula sangre material por sus cuerpos, pero están repletos de energía divina y saturados con luz celestial. Esto es, consumen comida como los seres físicos de los mundos a los que están destinados, pero a la vez tienen una plena existencia inmortal al ingerir ciertas energías cósmicas. En los mundos evolutivos, las ingieren a través del árbol de la vida. Quizás sean estas las que les den ese color. Gracias a ellas, pueden también vivir de forma indefinida en el planeta que se les asigna.

De hecho, conocí a hijos materiales que habían estado veinticinco mil años en sus planetas de destino, pero eso no sucede siempre.

—¿Qué quieres decir?

—Que si fracasan en su misión o se rebelan de forma consciente y deliberada se quedan aislados, desconectados de la fuente de luz y vida del universo. En ese momento, se vuelven prácticamente mortales.

Su destino es seguir el curso de la vida material en el mundo, teniendo que esperar el juicio y veredicto de los magistrados de los universos. La muerte física finalmente acaba con su andadura planetaria, aunque pueden vivir casi el milenio.

—Esperemos que eso no suceda aquí, Van. ¿Sabes? Siempre me resultó difícil de entender que, siendo materiales, sean al mismo tiempo celestiales.

—No es fácil comprenderlo, Amadón, porque, a pesar de ser celestiales, son los únicos seres creados del universo local con capacidad de reproducción, necesaria para poder cumplir el cometido que tienen en los distintos planetas habitados. También son los únicos que son visibles para las criaturas materiales a fin de llevar a cabo su ministerio. Los podéis ver y entender, y pueden igualmente mezclarse e incluso procrear con los seres humanos, aunque esta función de mejoramiento biológico recae directamente en su progenie.

—Sí, es verdad. Ya has explicado otras veces que es su progenie y no ellos los que deben procrear con las razas del mundo. ¿Tienen ellos sus mismos rasgos?

Me di cuenta de que Amadón hacía algunas preguntas de temas que ya había comentado con él. Sin duda, deseaba que los presentes conocieran mis respuestas. Se había dado finalmente cuenta de la multitud que se había acumulado cerca de nosotros.

—En Jerusem, sus hijos son inmortales como ellos, pero los nacidos con posterioridad a su llegada a un planeta evolutivo no son de la misma manera inmunes a la muerte natural. Cuando se les rematerializa en un mundo evolutivo, ocurre un cambio en el mecanismo trasmisor de la vida. Los portadores de vida, de forma deliberada, los privan de la facultad de engendrar hijos e hijas inmortales. Sus hijos, dentro de ciertos límites, experimentan una longevidad que disminuye al paso de cada generación.

—¿Y en qué se diferencia la raza violeta de los mortales de los mundos?

—En muchas cosas. Por ejemplo, en su visión física y percepción espiritual, son muy superiores a las razas humanas. Tienen, además, sentidos especiales que les permitirán ver a los seres intermedios, a las multitudes angélicas, a los melquisedecs y a Caligastia. Estos sentidos están presentes en sus hijos, aunque con menos intensidad, y tienden a disminuir a medida que pasen las generaciones. También, ellos y sus descendientes son mucho más resistentes a las enfermedades que los seres del mundo. Tampoco les domina el miedo, innato en los mortales.

Observé que Amadón, en mis respuestas, siempre miraba a su alrededor para cerciorarse de que los asistentes comprendían lo que hablábamos, pero también noté que su curiosidad seguía siendo la misma de la de aquel muchacho andonita que hacía miles de años me había donado su plasma para hacerme humano.

—A veces me has comentado que Adán y Eva pueden comunicarse a distancia entre sí y con su inmediata progenie. Eso es algo extraordinario.

—Sí, es cierto. Lo pueden hacer hasta una distancia de unos ochenta kilómetros. También resulta difícil de explicar este intercambio de pensamientos. Parece que sucede mediante unas sensibles cavidades de gas localizadas muy cerca de sus estructuras cerebrales. A través de este mecanismo, pueden enviar y recibir las vibraciones del pensamiento. Pero, lo mismo que te dije antes, esta facultad queda instantáneamente interrumpida si su mente se rinde a la discordia y a la perturbación del mal.

—Pero dime, Van, ¿en qué beneficiará la procreación de los descendientes de Adán y Eva con las razas del mundo?

—De dos maneras, físicamente, por la mayor inmunidad a las enfermedades que conferirán, y espiritualmente, ya que la carne, intrínseca a las razas de origen animal, no da de manera natural los frutos del espíritu divino. Con su aportación, el camino se allanará para que el espíritu de la verdad coopere con el mentor misterioso a fin de producir en vuestro carácter la hermosa cosecha de estos frutos espirituales. Él os guiará si no lo rechazáis —dije mirando a toda la multitud con cierta actitud de despedida por el día, que había sido algo largo.

Todos comprendieron que había llegado la hora de retirarse a dormir. El fuego siguió con su crepitar. Los turnos de guardias lo alimentarían. Al día siguiente había que comenzar con la construcción de aquel asentamiento, que de tanta ayuda nos sería para el comienzo de las obras en la península. Los porteadores llevarían comida y lo que se necesitase desde allí a los voluntarios. Y antes de entrar en la carreta, Amadón y yo nos acercamos de nuevo al alto acantilado. Abajo, bañada por la inmensidad de las estrellas, estaba la bella península, el futuro de la humanidad. Pedimos al Padre que Adán y Eva supieran enfrentarse a la oscuridad en la que el mundo se hallaba.

VI AQUEL ESPLÉNDIDO LUGAR

A los dos días de llegar de nuestro difícil pero prometedor viaje de dos años, quisimos hacer una primera inspección de la península. Si bien, antes, tuvimos que organizar la caravana y disponer que se empezase a ocupar el amplio terreno que se nos había indicado a escasos seis kilómetros del istmo, en dirección norte, no lejos del asentamiento aliado del oeste y de otro nodita al este, ya en territorio sirio. Había también otros espacios no ocupados hacia los montes Tor y hacia la costa oriental fáciles de colonizar, en caso de contingencias que ya preveíamos. Salimos, pues, muy temprano en dirección sur. El sol de principios de otoño empezaba a surgir débilmente por el Mediterráneo. Íbamos solamente Van, Amir el arquitecto, dos de nuestros exploradores ya familiarizados con la zona y yo mismo, pero, solo visibles para Van, llevábamos dos criaturas intermedias por petición de los melquisedecs. No habíamos querido llevar armas, a no ser las precisas para defendernos del ataque de animales salvajes ni por supuesto ningún efectivo de soldados. Aquella era una misión de reconocimiento y de paz, a pesar de que los exploradores nos habían advertido de la existencia de una tribu de sangiks, especialmente peligrosa y agresiva situada en la parte más meridional de la península, a cinco días de camino, pasando una alta cordillera. Vivían cerca de un lago de agua dulce, a pocos kilómetros del mar. Ocho de sus compañeros habían perecido por las flechas de aquel violento grupo de seres humanos. La otra, de andonitas, situada al otro lado de las montañas, en dirección norte, era pacífica e incluso tenía relaciones fraternales con nuestro asentamiento aliado, y sus misioneros habían sido bien recibidos. No había sucedido lo mismo con el otro poblado, que quedaba lejos. Nos despreocupamos de momento de él.

Antes de que los voluntarios acometieran las obras, tendríamos necesidad de desalojar lamentablemente a cualquier tribu que se negase a salir de la península, pero ese no era el objeto principal de este viaje. Pactaríamos con estas tribus si fuese necesario, pero queríamos explorar y, por qué no, disfrutar de aquel esplendoroso territorio. No teníamos duda de que estábamos ante el sitio más adecuado para la construcción de Edén. Por tanto, discurrimos por la larga franja de tierra a buen ritmo, notando, a medida que nos adentramos, un olor agradable que se mezclaba con la brisa marina.

—Es verdad. Esta tierra huele a yerbas aromáticas como decíais —exclamó Van mirando a los exploradores—. El istmo está cuajado de cientos de especies de estas plantas. Son tanto medicinales como condimentarías —continuó, señalándolas a medida que las nombraba—. Hay tomillo, orégano, salvia y muchas otras más. Oíd también a esos pájaros pequeños de vientre anaranjado. Tienen un canto agradable, aunque poco usual, pero por su aspecto deben pertenecer a la familia de los que veíamos en nuestra bonita sede del Mar Capio —siguió hablando, ahora volviéndose a Amadón.

—Siempre me sorprende tu conocimiento de la naturaleza del continente asiático, Van —dije.

—Son muchos milenios ya los que llevo examinando este hermoso planeta, amigo Amadón, y mis responsabilidades en Urantia no me han privado de intentar conocerlo mejor, aunque jamás estaré tan preparado como Adán y Eva. Los hijos materiales estudian en profundidad el mundo al que son destinados. Pero tú también conoces bastante bien la naturaleza —terminó diciendo.

Van tenía razón. Llevábamos más de cuatrocientos cincuenta mil años en Urantia gracias al árbol de la vida y mucha experiencia acumulada de toda índole.

—Atravesando el istmo podemos construir una muralla defensiva para Edén —interrumpió Amir—. No hay más de cuarenta kilómetros de lado a lado.

El joven arquitecto hablaba mientras tomaba continuamente notas de todo lo que iba observando. Llevaba en la mano trozos de pergamino que usaba como soporte de la escritura y de sus dibujos.

—Cierto —afirmó Van—. Podríamos evitar ataques imprevistos. Quizás incluso podríamos colocar una muralla doble con algún otro tipo de protección en el centro. Me inclinaría por animales salvajes. Los hijos materiales suelen permanecer cientos de años en el mismo lugar para criar a su abundantísima progenie y son muchos los peligros que pueden sobrevenirles.

Por indicaciones de los exploradores, seguimos caminando varias horas hasta llegar a un río no muy caudaloso, que se perdía en la distancia serpenteando por un espeso bosque de cedros.

—Por allí podemos cruzarlo —comenté—. Hay un pequeño puente hecho de troncos.

No nos sorprendimos al verlo. Lo habría construido la tribu que habitaba aquel territorio. Y, aunque teníamos deseos de seguir adelante, la noche se nos vino encima y decidimos acampar a orillas del río. Uno de los exploradores encendió el fuego y ante la hoguera estuvimos comentando excitados todo que habíamos visto durante el día.

A la mañana siguiente, cruzamos el bosque siguiendo la escarpada ribera. Eran árboles de gran tamaño de madera olorosa y copa cónica. En el camino, el arquitecto intervino de nuevo. Su mente era práctica y preclara:

—La madera de estos árboles nos puede ser muy útil para muchas cosas—observó.

Al salir del bosque, nos dimos de frente con lo que estábamos buscando. Se nos iluminó la cara en aquel radiante mediodía. Ante nosotros había una enorme llanura. Estaba dominada por arbustos y matorrales bajos de hojas suaves, que se habían adaptado a viento y al aire cargado de sal del Mediterráneo. Estaba bordeada por tres sistemas montañosos. Había bosques dispersos por distintos lugares.

—¡Esta zona es ideal para construir Edén! —exclamó entusiasmado el arquitecto.

—Sin duda, es lo que estábamos esperando y por lo que hemos hecho tan largo viaje. Ha merecido la pena —dijo Van con cierto sentimiento; quizás recordaba todas las bajas habidas desde que empezaron con aquel proyecto.

—Sí. Es muy amplia. Está justo en la mitad de la península —intervino uno de los exploradores.

—No me extraña que aquel alto pico que sobresale de la cadena montañosa que tenemos al frente —comentó Van de nuevo mirando al sur— se llene de nieve en invierno.

—La tierra parece muy fértil —añadí yo.

—Como veis, el río se divide aquí en cuatro ramales —siguió el explorador.

—Me parece extraordinario. Se edificarán puentes y construiremos canales de regadíos —comentó Amir.

—Las cordilleras que veis a ambos lados son estrechas y no demasiado extensas. Permiten un fácil acceso al mar —dijo otro de los exploradores mientras nos indicaba una ruta a seguir por la parte oriental de la llanura.

—Hay abundantes olivos en esta zona —explicó Van mientras caminábamos—. Nos proveerán del "oro líquido", que tanto usamos para nuestras comidas, ungüentos y lámparas. Y aquellos bosques que vemos en la distancia parecen ser de pinos y encinas. Hay también palmerales.

—Con las semillas que trajimos de Decania podremos cultivar árboles frutales, sembrados y, más adelante, tener nuestras propias huertas —dije.

—Sí ese territorio, muy cerca de uno de los afluentes, se puede dedicar a zona agrícola —expuso Amir—. Hay también arcilla en estas rocas que nos ayudarán a fabricar los ladrillos que necesitaremos para las viviendas.

—Pasando la cadena montañosa del oeste hay un gran lago salado —comentó otro de los exploradores.

—Seguro que es una parada importante para un gran número de especies de aves en su periplo entre África y Europa —comentó Van.

—De ahí podremos extraer la tan necesaria sal— dijo Amir.

Habíamos visto también zorros, cabras montesas, rapaces y bastantes ardillas. El clima seguía siendo muy agradable, algo fresco por la noche. Por el olor a tierra mojada y por el torrente de agua que bajaba ladera abajo notamos que estaba lloviendo en las montañas. Sin embargo, no lo hacía allí, a pesar de que todo estaba tan verde.

Caminamos algo más en dirección sur hasta que se nos hizo de nuevo la noche. Los exploradores nos indicaron una cueva donde quedarnos. Al día siguiente, a lo lejos, vimos un gran grupo de cabañas de barro al lado del río y nos acercamos con bastante prudencia, mostrándonos pacíficos. Sus vigías ya nos habían visto.

—Esta tribu es amistosa. Son pescadores que llevan mucho tiempo aquí. No debemos temer — dijeron los exploradores.

Enseguida, el jefe de las tribus vino a saludarnos acompañados de otras muchas personas y nos guiaron hasta la plaza central del poblado.

— Os esperábamos —dijo con un respeto que nos sorprendió—. Vuestros exploradores nos avisaron de que posiblemente necesitaríais estos terrenos para la construcción de la morada de los hijos prometidos.

—Gracias por vuestro recibimiento. Mi nombre es Van. Ellos son Amadón, Amir, y nuestros exploradores, a los que ya conoceréis.

—Yo soy Rutli. Sabemos quiénes sois —dijo a continuación—. En vuestro asentamiento se recuerda a menudo vuestra historia y cómo os enfrentasteis al mal. A través de sus enviados, hemos aprendido las tradiciones de la antigua Dalamatia y otras muchas cosas. La oración del Padre es parte de de nuestros rituales, como lo es la de Onagar, nuestro profeta de la antigüedad.

Nos miraban con admiración y sentí mucho la petición que teníamos que hacer a aquel pacífico pueblo.

—Sí. Finalmente nos hemos decidido por este territorio —añadió Van en un tono que denotaba firmeza, pero al mismo tiempo compasión.

—Sabemos que eso significa que tendremos que abandonar este hermoso lugar, que por tantos años nos acogió y nos alimentó —se quejó Rutli.

—Desgraciadamente sí —quise intervenir yo.

Los habitantes del poblado empezaron a sentirse mal y a protestar en voz baja. Pero sabían que la decisión no dependía de ellos; acatarían la voluntad de sus mayores.

—Tiene que reunirse el consejo de ancianos, al que pertenezco —fue su única respuesta—. Podéis quedaros con nosotros y compartir nuestra comida. La pesca por aquí es abundante y tenemos muchas algarrobas y piñas.

Accedimos gustosos. Ese tiempo nos daría tiempo para pensar en la posible solución a sus justas peticiones.

Los doce miembros del consejo se retiraron a una gran choza y, al cabo de dos horas, salió el jefe del poblado, que nos llamó a Van y a mí para que entráramos.

—Tras haber deliberado, os queremos hablar de nuestras dos preocupaciones. La primera es dónde viviríamos; nos mantenemos especialmente de la pesca; y, la segunda, qué pasará con nuestros ancestros. Están aquí enterrado y les debemos veneración.

—Tenemos pensado para vosotros un lugar fuera de la península, cerca del que será nuestro propio poblado —contestó Van, comprendiendo su inquietud—. Allí podréis seguir pescando, incluso en el mismo río que lo hacéis aquí y que recorre toda esta península hasta el norte. Pero además se os enseñará a cultivar la tierra, a criar vuestro ganado, a la tejeduría y a la alfarería, al igual que se hace en nuestros asentamientos, si así lo deseáis.

—¿Pero qué sucederá con nuestros ancestros? —preguntó otro miembro del consejo.

—Os aseguro que nadie profanará vuestro cementerio. Quedará en Edén como lugar sagrado y podréis acudir a él cada vez que queráis a rendirles vuestros respetos.

Oídas las palabras de Van, todos asintieron, no sin pesadumbre, que se leía claramente en sus rostros. No obstante, comprendían que se debería construir Edén para dar albergue a los hijos prometidos de sus oraciones.

—¿Cuándo tendremos que dejar nuestro poblado? —preguntó el jefe turbado.

—Se os avisará con tiempo suficiente y se os guiará hasta el lugar en el que residiréis —respondió Van, también algo turbado.

—Pasad aquí la noche con nosotros —nos invitó—. Mañana podréis seguir vuestro camino.

—Muy bien. Temprano cruzaremos las montañas. Tenemos que ir a una tribu que habita allí para comunicarles que tienen que desalojar sus tierras —les dije.

—¡Cuidado con ellos! —nos advirtió otro de los miembros del consejo—. Son muy peligrosos y hasta caníbales. Algunas noches hacen incursiones en este poblado, nos roban el ganado y matan a nuestra gente. Tenemos que estar siempre alertas.

—Ya nos han hablado de ellos, pero no tenemos más remedio que ir para avisarles —añadí.

—Deberíais haber traído a vuestro ejército y veo que no traéis ni armas.

—Pensábamos que era lo mejor —intervino Van.

—Son muy peligrosos. Si me lo permitís, os acompañaran una veintena de mis mejores guerreros.

—Muy bien. Los emplearemos en caso de extrema necesidad.

Se hizo la noche, y antes de irnos a dormir, delante de la hoguera, oímos el relato de aquel formidable pueblo, herederos directos de Andón y Fonta, y preservadores de la mejor tradición de Onagar, el primer maestro de la verdad, que les había guiado a la adoración del "Dador del Aliento." Me sentí muy identificado con su historia.

A la mañana, siguiente cruzamos la cordillera del sur por una estrecha garganta. Los exploradores nos habían dado las indicaciones necesarias. Eran reacios a acompañarnos por lo sucedido con sus compañeros. También pensaban que quizás su presencia no fuese demasiado propicia. Ellos se habían defendido de la agresión sufrida por esta tribu e incluso habían matado a dos de ellos. Lo comprendimos y le pedimos que nos esperaran en la falda de las montañas, en la entrada de la garganta. Allí también se quedaron los guerreros de Rutli. Amir dejó todas sus anotaciones sobre el terreno y las futuras instalaciones del Jardín a los exploradores.

—Si veis que ha anochecido y no volvemos, id a nuestro rescate —les dijimos.

Le pedimos a Amir que no viniera, pero insistió. Quería inspeccionar el terreno. Consideraba que allí se podrían construir fortalezas para proteger Edén en su zona meridional.

Tras esto, cruzamos el angosto paso con lentitud y en silencio. Tenía algo más de un metro de ancho y paredes a ambos lados de más de cien metros de altura. Estaban llenas de musgo y verdín. La humedad parecía respirarse. Había además grandes charcos de agua en algunos lugares por las últimas lluvias. Amir fue el primero que habló justo al salir de la garganta:

—¡Menos mal! Parecía no tener fin. Pero ahí tenemos su poblado, como nos han dicho los exploradores. Seamos precavidos.

Miramos hacia el oeste. A pesar de que la espesa abruma que empezaba a avanzar desde el mar, pudimos ver el asentamiento a escasos quinientos metros de nosotros, pero casi no nos dio tiempo a salir al valle. En pocos minutos, antes de que la niebla lo cubriera todo, teníamos a nuestro alrededor a diez hombres armados con lanzas y flechas de punta de cobre. Su aspecto era fiero. Eran sangiks, mezcla de hombre rojo y amarillo. Hacia milenios que estas dos razas se habían mezclado incidentalmente.

—¿Qué buscáis aquí? —preguntó desafiante el que parecía ser el líder del grupo.

Hablaba un raro dialecto del andónico, pero Van y yo le comprendimos perfectamente; conocíamos todos los idiomas de Asia.

Nos extrañó que no nos hubiesen atacado. Quizás el hecho de ver a tres personas indefensas y su orgullo de guerreros se lo habían impedido. Es posible que también nuestro porte de personas pacíficas les hubiese disuadido.

—Queremos hablar con el jefe de la tribu. Somos personas de paz.

—Seguidme —dijo sin más—. Si hacéis algún movimiento extraño, moriréis.

Nos miramos un momento sin saber qué decir. Sabíamos que corríamos mucho peligro cuando decidimos acercarnos a aquella tribu, pero era necesario. El Jardín tenía que construirse única y exclusivamente para los hijos materiales. A medida que nos aproximamos a las cabañas observamos que no era una tribu especialmente atrasada a pesar de estar enquistada en la violencia. Sus viviendas, rectangulares, estaban hechas de barro, piedra y madera. Por el cobre usado en sus armas supusimos que tenían conocimientos básicos de la siderurgia. Tenían, además, animales domésticos y embarcaciones hechas con troncos de cedro que habrían horadado con herramientas apropiadas. No obstante sus tótems nos indicaban que eran bastante supersticiosos. Tras la rebelión del príncipe, habían sobrevenido eras de oscuridad y la superstición había alcanzado los niveles que tenía antes de su llegada. Algunos acudieron al vernos llegar; otros nos miraban con un extraño temor desde las puertas de sus chozas. El jefe y alguien que sería el curandero nos recibieron con hostilidad.

—Os habéis jugado la vida al venir —manifestó de forma agresiva—. ¿Quién os manda?

—Nadie —contestó Van—. Venimos para hablar con vosotros. El príncipe de este mundo está al venir y necesitamos este lugar para fundar su territorio.

Van trataba de que los hombres de aquella tribu recordaran la historia de los hijos prometidos difundida por todas partes.

—Yo soy el único jefe aquí —respondió— y no queremos ninguno más. Y estas tierras nos pertenecen.

—Habéis traído la bruma a este poblado y solo se irá si hacemos sacrificios humanos —intervino el curandero.

Comprendí que aquella tribu había perdido las tradiciones de Dalamatia y que no tenían más religión que sus lamentables creencias. Por lo que pude observar, tenían un miedo fatal a la niebla y a la bruma. Era esta religión del miedo la que les llevaba a intentar apaciguar las fuerzas invisibles ocultas tras los elementos naturales. Por ello hacían esos sacrificios y no me extrañaba que consumiesen la carne inmolada.

—Somos personas de paz y si desalojáis estas tierras recibiréis muchas cosas a cambio —dijo Van con la tranquilidad que le caracterizaba—. Tendréis mejores armas, más alimentos, cura para muchas de vuestras enfermedades.

—No nos iremos y vosotros tampoco saldréis vivos de aquí —amenazó el jefe.

—Tenemos un poderoso ejército a cinco días de camino que vendrá en nuestra búsqueda y lo perderéis todo —les advertí.

Pero no quisieron escuchar. No ataron a cada uno en un árbol y estaba seguro de que pensaban torturarnos. La costumbre de estas tribus bárbaras, cuando hacían prisioneros era hacer, en un primer lugar, que los jóvenes arrojaran contra ellos sus hachas, aprendiendo así clavarlas en el tronco, lo más cerca posible del prisionero, aunque sin tocarle. Finalmente, si tenían que sacrificarlos, los ataban a una estaca clavada en el suelo, amontonaban a sus pies leña en abundancia y le prendían fuego. También hincaban en sus cuerpos innumerables astillas de madera de pino, muy resinosa, que ardían al mismo tiempo. Estábamos lógicamente intranquilos, a pesar de la seguridad que teníamos en que nos rescatarían, y Van siempre podía acudir a los seres intermedios. Estos ya le habían preguntado qué podían hacer. En unos segundos podrían cortar nuestras ligaduras y protegernos en la huida; si bien, Van recurría a las fuerzas celestiales solo cuando eran estrictamente necesarias. Así lo había hecho siempre.

Pero la situación era tan complicada que, antes de que él se decidiera a pedirles ayuda, la bruma se retiró de repente y el sol surgió de nuevo con fuerzas. Sin duda, los seres intermedios habían actuado por mandato de los melquisedecs. Los habitantes del poblado vieron esto como un prodigio y nosotros pudimos respirar algo más tranquilos; ya no debían tener motivo para el sacrificio.

—Nosotros no somos los culpables de la bruma que ha llegado. Además, ya se ha ido —dijo Van, dándose cuenta de lo que estaba pasando.

—Pero seguiréis ahí toda la noche por si vuelve —respondió uno de los guerreros extrañado.

En su mentalidad parecía que empezaban a vernos como alguna especie de dioses. Esto daría tiempo a que los guerreros de Rutli nos liberaran.

Efectivamente, así sucedió. Al llegar la noche y observar que no llegábamos, una veintena de guerreros entró sigilosamente y golpearon a los centinelas. Después, nos quitaron las ligaduras y, cuando los salvajes se dieron cuenta, ya nos había dado tiempo de emprender la fuga. Nos arrojaron sus flechas, pero no nos siguieron. Yo estaba seguro de que los seres intermedios habían actuado de nuevo, de alguna forma, para salvaguardar nuestra huida. Van no dijo nada. Después, cruzamos el paso de montaña lo más rápidamente que pudimos.

—Da pena ver la oscuridad en la que este planeta está aún sumido —comentó Van.

—Sí. Esta tribu está enquistada en la agresividad y en la superstición más atroz —respondí—. Su estado natural es la violencia. Debemos hacer algo antes de que los voluntarios comiences las obras.

—Mandaremos a nuestros soldados para desalojarlos. Ojalá que no haya derramamiento de sangre.

De camino recogimos a los dos exploradores y, sin hacer parada en la tribu amiga, nos dirigimos hacia la caravana. Agradecimos a los miembros del consejo de anciano su ayuda a través de los guerreros.

Al llegar a la caravana, ya nos estaban esperando los decanenses. Se sintieron aliviados al ver sanos y salvos a sus líderes. Se había corrido la voz del peligro de nuestra misión. El poblado ya se estaba formando. Se llamaría Elih, Dios en andónico, como ofrenda al Padre por enviar a los hijos prometidos. Van pidió a algunos hombres y mujeres jóvenes que prepararan los terrenos que iban a ocupar la tribu de Rutli. Se les daría aviso con tiempo, y no tardarían más de veinte días en llegar. Amir, que traía abundantes notas, se reunió con los trabajadores voluntarios para explicarles cómo iría la construcción de Edén.

Yo mandé a nuestros soldados al sur a expulsar a la tribu de salvajes. Nuestro número era superior, como también nuestras armas. Quizás se rindieran y, tras atravesar la península, eligieran el camino al norte, donde había otras tribus sangiks de raza amarilla, con quienes podrían hacer alguna alianza. Pero los seres intermedios nos informaron de que los soldados solo habían encontrado restos de la tribu. Le habían prendido fuego y habían preferido marcharse antes de enfrentarse a ellos. Habían partido en sus embarcaciones y en balsas de troncos hacia uno de los muchos islotes de la península y se preparaban para ir a otra isla más al sur. Nos alegró que no hubiese habido violencia. Solo nos faltaba reunirnos con Amir, y así hicimos.

—En cuanto llegue la tribu de Rutli, podemos empezar —dijo Van, tranquilo.

—Sí. Los voluntarios están deseando de comenzar con la construcción de Edén —expuso el arquitecto—. He pensado que de momento se queden en las chozas vacías que ellos hayan dejado y, desde allí, acometer las obras.

—Tenemos que hacer planes para que el pastoreo y la ganadería se queden en esta parte continental, en los límites del nuevo poblado que se está constituyendo —continuó Van—. En Edén solo habrá aves y las distintas especies domesticadas. Edén debe ser un jardín, y solamente un jardín. Como ya he dicho otras veces, nunca se sacrificarán animales dentro de sus recintos.

—Pero las obras durarán previsiblemente años, Van —comentó Amir.

—Toda la carne que puedan consumir los trabajadores se traerá de los rebaños del continente, Amir —añadí yo—. Algunos de los desplazados de Decania vivirán más adelante en el Jardín y podrán cultivar sus propias huertas y apacentar rebaños para la leche y los quesos. Con el tiempo, los trabajadores, formarán también sus propias familias, que se encargarán de muchas labores. Los pequeños irán a las escuelas de Edén.

—Y esto es importante: solo emplearemos trabajadores voluntarios; jamás se usarán asalariados.

La primera tarea que se realizó fue la construcción de una muralla de ladrillo cruzando el istmo de la península. Una vez finalizada, se pudo proceder sin obstáculos a la verdadera labor de edificación de las viviendas y de embellecimiento paisajístico. Se creó también un jardín zoológico construyendo una muralla más pequeña justo fuera de la muralla principal; el espacio intermedio, que estaba ocupado por todo tipo de animales salvajes, servía de defensa adicional contra ataques hostiles. Esta colección de animales se dividió en doce grandes grupos, con caminos amurallados entre ellos que conducían a las doce puertas del Jardín; el río y sus pastizales limítrofes ocupaban el área central.

Luego se acometieron poco a poco las demás instalaciones y durante más de veinticinco años los trabajos fueron a un buen ritmo. Quedaba mucho por hacer, pero intentábamos completar al menos las instalaciones necesarias para que los hijos prometidos, si venían, pudieran de residir allí mientras se acabasen las obras. No obstante, se suscitó una gran decepción que Caligastia supo aprovechar muy bien. En una de las asambleas periódicas que se hacían con Amir y los jefes de obras, en realidad los capitanes de los grupos raciales que se habían elegido desde el principio, Van tomó la palabra y dijo algo que alteró mucho el ánimo de estos:

—Como os dije en Decania, no sé cuándo vendrán los hijos prometidos ni cuánto habremos avanzado cuando lo hagan, pero en caso de que se siga retrasando su venida, he decidido que se vayan formando a generaciones más jóvenes para que continúen con la labor iniciada por vosotros.

—Yo he estado instruyendo a mi hijo Noé desde pequeño —intervino Amir—. Ya lo habéis visto conmigo muchas veces. Él se encargará de formar a vuestros propios hijos.

—Pero, Van. No sabemos si confiar ya en ti —dijo molesto uno de los jefes de obras—. No pareces estar seguro de que alguna vez vayan a venir.

—Lo dejamos todo por seguirte y hemos trabajado duro —manifestó otro de ellos.

—Lo siento. Solo estoy siendo precavido. Sí estoy seguro de que lo harán, tarde o temprano. Quizás tengamos que esperar algunos años más.

—No estaremos ninguno de nosotros aquí para esa fecha —continuó el mismo jefe de obras airado.

Van me miró, dándose cuenta de que la reunión estaba tomando un cariz insospechado. Algunos de los representantes de los voluntarios hablaban encolerizados y transmitirían su malestar a los demás. Todo sucedió tan de repente que presentí que había algo más. Van me dio a entender que el nefasto Caligastia y algunos de sus seres intermedios estaban aprovechando las disensiones para provocar un mayor alboroto e indignación.

Entre los trabajadores allí presentes —las reuniones eran abiertas y podía asistir quien quisiera con voz pero sin voto—, se organizó un gran disturbio.

—¡No nos creemos nada de ti, Van¡ ¡Desertamos! Nos iremos a Elih —dijo alguien que parecía el cabecilla.

—Os comprendo —intervino Van tratando de sosegarles aunque con firmeza—. Y sí, aquel que no quiera seguir trabajando puede dejar Edén y dirigirse a Elih. Allí será bien recibido.

Nunca comprendí cómo Caligastia podría manipular las mentes a través de sus seres intermedios rebeldes, pero de hecho lo hacía.

—No esperábamos este grave contratiempo —le comenté a Van al ver que casi el sesenta por ciento de nuestros trabajadores había abandonado—. Pero no nos vamos a desanimar. Seguiremos adelante.

—Sí. Continuaremos con los preparativos que tenemos planificado, cubriendo los puestos de los desertores con voluntarios más jóvenes y a estos con otros, y así hasta que vengan Adán y Eva —dijo con rotundidad.

—Eso haremos —afirmó Noé decidido—. Yo los formaré y seguiré adelante con los proyectos de mi padre.

—Completaremos este gran proyecto a pesar de las dificultades que puedan surgir en este mundo turbulento y oscuro —ratificó Van con entereza.

VII VENIDA DE ADÁN Y EVA

Entonces Jehová Dios formó al hombre del polvo de la tierra, sopló en su nariz aliento de vida y fue el hombre un ser viviente. (Génesis)

Entonces Jehová Dios hizo caer un sueño profundo sobre Adán y, mientras este dormía, tomó una de sus costillas y cerró la carne en su lugar. De la costilla que Jehová Dios tomó del hombre, hizo una mujer, y la trajo al hombre. (Génesis)

*A*dán y Eva vinieron a Urantia más de ciento cincuenta mil años después de la rebelión de Lucifer y la insurrección de Caligastia. Lo hicieron al mediodía, a comienzos del mes de abril, cuando el Jardín estaba en plena floración. Lo supe a través de Van y por el ya familiar estallido de luces y ruido que emitían los escudos de fricción de los serafines al cruzar la atmósfera.

—Amadón, ya están aquí —me dijo entusiasmado—. Ha sido toda una sorpresa incluso para mí, que tanto he predicado la llegada de estos dos hijos prometidos. Han venido en sendos serafines de transporte.

—Sí, menos mal que ya está Edén prácticamente listo —le comenté—. Hemos recorrido un largo camino desde que comenzamos su construcción.

—Vienen con la usual comitiva de Jerusem, principalmente serafines —añadió Van—. Se trata del quinto orden de ángeles, o ayudantes planetarios, adscrito a la misión adánica y que siempre acompaña a los adanes planetarios en sus aventuras en los mundos. Inicialmente son unos cien mil. Los hijos materiales se están posando en las proximidades del templo del Padre Universal.

—¡Es emocionante! —le expresé con alegría.

—Los melquisedecs me han comunicado que la rematerialización de los cuerpos de Adán y Eva se llevará a cabo dentro de los recintos del santuario del Padre en los siguientes diez días —dijo Van—. Los mismos serafines llevarán allí sus cuerpos morontiales.

—¿Qué es de ellos en este período, Van?

—Durante la fase de reconstitución de su organismo físico, continúan en el sueño inconsciente al que los serafines los impulsaron antes de partir. Una vez que acaba el proceso, los hijos materiales permanecen en sus nuevos hogares y en sus nuevos mundos prácticamente tal como eran antes de someterse en Jerusem al proceso de desmaterialización.

—¿Sabemos cómo sucede la materialización? —inquirí de nuevo.

—Lo único que sabemos que son los portadores de vida de Urantia los que la dirigen. Quizás sacie algo tu curiosidad saber —dijo sonriendo— que despertarán al mismo tiempo, y también, aunque esto lo hemos comentado más de una vez, que los mejoradores biológicos, a no ser en casos especiales de emergencia, siempre prestan sus servicios juntos. De hecho, la esencia de su cometido es no separarse en ningún momento ni en ningún lugar. Están concebidos para trabajar en parejas.

Sin poder contener nuestro júbilo nos reunimos con los cien capitanes de los voluntarios para informarles de las últimas noticias, pero les pedimos que siguieran trabajando en el Jardín como siempre, hasta que los nuevos soberanos tomasen sus propias decisiones al respecto.

Y justo a los diez días, los dos hijos materiales recobraron la consciencia. Se habían quedado dormidos en Jerusem, a cincuenta millones de años luz de distancia, y, al tercer día, cuando despertaron, ya estaban en la nave principal del amplio templo del Padre. Este tenía dos plantas y un gran claustro, en cuyo centro estaba el árbol de la vida.

Aunque yo solo podía ver a Van y a ellos, sabía que junto a nosotros estaban los doce melquisedecs y algunos seres intermedios y ángeles para saludarles personalmente. Eran las seis de la mañana. El sol del Mediterráneo nacía y, a través de la bóveda acristalada del templo, se filtraba su luz, de un color amarillo violeta. A pesar de los miles de años que había vivido en la tierra, mi planeta, jamás había dejado de fascinarme la belleza de sus amaneceres y atardeceres.

Al abrir los ojos, Adán y Eva, aún en el lecho especial construido por los transformadores físicos, nos vieron primeramente a Van y a mí, que estábamos más cerca de ellos.

—¡Bienvenidos a Urantia! —les dijo mi compañero y amigo en jerusemita, traduciéndome sus palabras—. Soy Van.

—También yo os doy la bienvenida. Soy Amadón —añadí yo en mi lengua, sin estar seguro de que me iban a entender. Jamás había aprendido a hablar el idioma de Jerusem. Su enorme complejidad lo hacía inaccesible para cualquier ser humano.

—Estamos muy emocionados de veros —dijo Adán en perfecto idioma andónico—. Se proclama en todo Nebadón y más allá de sus fronteras vuestra heroicidad durante la secesión de Caligastia. Y es un placer conocernos personalmente.

—Antes de salir de Jerusem, aprendimos la lengua que se hablaba en Edén —intervino Eva al ver mi sorpresa cuando los escuché hablar.

Van y yo habíamos mejorado bastante esta lengua creando un nuevo alfabeto de veinticuatro letras, a partir del elaborado por Fad. Esperábamos que se convirtiera en la lengua universal de Urantia, a medida que la cultura de Edén se difundiera por el mundo.

—Nuestra emoción es mayor —dijo Van— al poder saludaros en nombre de todos los presentes. Espero que hayáis tenido un agradable viaje.

—Sí, así ha sido —respondió Adán.

Normalmente, el viaje en serafín era así, placentero, pero, a veces, el espacio reservaba sorpresas como la imponente explosión de alguna estrella gigante, antes de su transformación en supernovas o incluso el encuentro con agujeros negros inesperados procedentes de estas mismas supernovas. No obstante, a pesar de su enorme velocidad, los ángeles transportadores podían cambiar de rumbo a voluntad.

Les oí también hablar en jerusemita con los demás. Los melquisedecs y los otros allí presentes también estarían dándoles la bienvenida a su nuevo hogar ajardinado.

Se levantaron. Eran extremadamente altos. Ambos medirían alrededor de dos metros cincuenta. Con excepción de ciertos linajes gigantes de algunas razas sangiks, eran más altos que cualquier habitante de la tierra. Eran como los había descrito Van, de tez clara y de pelo castaño claro sin llegar a ser rubios. Vestían túnicas largas.

Y aquel día hubo mucha emoción y gozo en todo Edén; los corredores fueron, a toda prisa, por las palomas mensajeras traídas de lugares cercanos y lejanos, gritando: "Soltad las aves; que lleven la nueva de que ha venido el hijo prometido." Año tras año, se había mantenido fielmente una provisión de estas palomas domésticas precisamente para tan transcendental evento.

Algo después de despertarse, se escoltó a Adán y Eva a la recepción formal que tendría lugar en el gran montículo situado al norte del templo. Se había agrandado y preparado esta colina natural para la investidura de los nuevos gobernantes del mundo. Allí, a mediodía, el comité de recepción de Urantia acogió con beneplácito a este hijo e hija del sistema de Satania. Yo era el presidente de este dicho comité, que incluía a los siguientes doce miembros: un representante de cada una de las seis razas sangiks; el jefe en funciones de los seres intermedios; Annán, hija leal y portavoz de los noditas; Noé, el hijo del arquitecto y constructor del Jardín y ejecutor de los proyectos de Amir, su difunto padre; y los dos portadores de vida con residencia en el planeta.

En el siguiente acto, el melquisedec de mayor rango, jefe del consejo de los síndicos de Urantia, que los transformadores de la energía habían hecho visible para aquella ocasión, transfirió el cargo de la custodia planetaria a Adán y Eva. El hijo y la hija materiales prestaron juramento de lealtad a los altísimos de Norlatiadec y a Miguel de Nebadón, y Van les proclamó gobernantes de Urantia, renunciando así a la autoridad nominal ostentada, por disposición de los síndicos melquisedecs, desde la destitución de Caligastia. Y se presentó a Adán y Eva con vestiduras reales, ya confeccionadas previendo su llegada, con motivo de su toma de posesión oficial del gobierno del mundo. No todas las artes de Dalamatia se habían perdido para el mundo; aún se practicaba la tejeduría en los días de Edén.

De repente, los recién llegados se quedaron estáticos, mirando a un punto en el cielo.

—¿Qué sucede? —pregunté a Van, que tardó unos segundos en contestar.

—Hemos oído la proclamación de los dos arcángeles, que siempre acompañan a los hijos materiales y la voz de Gabriel decretando la resurrección y el juicio de los supervivientes dormidos de la segunda dispensación de gracia y misericordia de este planeta. Sus palabras inauguran la era de Adán y Eva.

—Y se ha efectuado entre escenas de sencilla grandeza —comenté fascinado.

—Sí. Los nuevos gobernantes de Urantia comienzan su reinado bajo condiciones aparentemente favorables, pese a la confusión mundial provocada por la falta de cooperación de Caligastia, su antecesor que no renuncia a su autoridad sobre el planeta.

A medida que se difundía en el exterior la noticia de la llegada de Adán y Eva, miles de miembros de las tribus cercanas acogieron las enseñanzas de Van sobre la llegada de estos hijos prometidos y el bien que traerían para la humanidad. Durante meses y meses, los peregrinos continuaron entrando en gran número en Edén para darles la bienvenida y rendir homenaje a su Padre invisible.

Van y yo también dimos gracias al Padre del universo.

VIII LAS OBRAS DEL JARDÍN A LA LLEGADA DE DE LOS HIJOS MATERIALES

...sino que subía de la tierra un vapor, que regaba toda la faz de la tierra. (Génesis)

*E*dén estaba prácticamente preparado tras muchos años de trabajos y desencuentros. Durante los casi los cien años que precedieron a la inspección de Tabamantia, supervisor soberano de la serie de mundos experimentales, yo había estado predicando la venida de los hijos de Dios prometidos, de los mejoradores de las razas, maestros de la verdad y dignos sucesores del príncipe traidor, aunque la mayoría de los habitantes del mundo de aquellos días había mostrado poco o ningún interés por mis predicciones.

Y efectivamente, a instancia de los melquisedecs de urgencia y de los portadores de vida, que habían visto que las condiciones biológicas del planeta comenzaban a ser las óptimas para la llegada de estos mejoradores, Tabamantia había llegado y realizado su inspección por todo el mundo habitado. Luego se había reunido con los melquisedecs, los portadores de vida y conmigo para dar su informe. Tabamantia era lo que en el universo se llamaba "un agondonte", un ser de origen humano, que había sido capaz de creer sin ver, perseverar estando aislado y vencer dificultades insuperables. Era un finalizador del Paraíso, superviviente de uno de los planetas también en cuarentena como el nuestro, involucrados en la primera rebelión acaecida en los universos del tiempo y del espacio.

—Vengo de parte de los altísimos —nos había dicho—. En verdad, tal como pensáis, desde de vista puramente biológico, el progreso evolutivo de las razas de Urantia está llegando a su culmen y doy mi visto bueno para el envío de un hijo y una hija materiales. La decadencia cultural y la pobreza espiritual ocasionadas por la caída de Caligastia y la consiguiente confusión social han tenido poco efecto sobre la condición física o biológica de los pueblos de Urantia. La evolución orgánica ha continuado a buen ritmo, con bastante independencia del revés moral y cultural que, con tanta celeridad, siguieron a su deslealtad.

—¿Cuándo llegarán? —le había preguntado.

—No os lo puedo decir con exactitud, porque no se me ha informado. Si os digo que hago siempre mi inspección de los mundos habitados con unos cien años de antelación, pero pueden ser menos. Los altísimos tienen la última palabra. Aunque este mundo esté biológicamente listo, se han de dar algunas otras circunstancias propicias. Los mejoradores biológicos que vengan han de estar bien formados. Tendrán la difícil labor de intentar desenredar los confusos asuntos de un planeta experimental como este, atrasado por la rebelión y bajo el obligado estado de aislamiento espiritual.

—Es mi intención comenzar las obras del Jardín de Edén —le había comentado—. Como sabes, es el príncipe planetario quien generalmente escoge el emplazamiento de Edén y su comitiva corpórea realiza, con la ayuda de muchos de los órdenes mejor dotados de las razas nativas, gran parte de los preparativos iniciales. Luego son los hijos e hijas materiales los que continúan con la edificación de sus propios hogares ajardinados. Llegado el momento, sus hijos les ayudan. Aquí, sin embargo, todo se ha trastocado con la sublevación de Caligastia, y creemos que tenemos que ser nosotros los que tomemos la iniciativa.

—Haces bien, Van. Normalmente, mi aprobación de la llegada de estos hijos materiales es el preámbulo del comienzo de las obras del Jardín. El éxito de los mejoradores biológicos depende en gran parte de sus instalaciones y de su ubicación.

Sin decir nada más, había partido Norlatiadek, dejándonos un largo trecho de tiempo por delante, desde la elección de los trabajadores y del lugar ideal, hasta la construcción de Edén. Y allí estaban los hijos materiales, ochenta y tres años después... Tras más de tres generaciones, nuestros trabajadores voluntarios habían hecho un buen trabajo, a pesar de las contrariedades. Primero Amir y, luego, Noé, su hijo, habían dirigido las obras con nuestras indicaciones. Había sido duro pero apasionante. En verdad había merecido la pena.

En el centro de la península edénica se erigió el excelente templo de piedra del Padre Universal, el sagrado santuario del Jardín. Al norte, se estableció la sede administrativa; al sur, se construyeron las viviendas para los trabajadores y sus familias; al oeste, se facilitó una parcela de suelo para las proyectadas escuelas del sistema educativo de los hijos prometidos, mientras que, al oriente de Edén, se edificaron las residencias destinadas a los hijos prometidos y a su inmediata progenie. En los planos arquitectónicos de Edén se asignaban hogares y suelo abundante para un millón de seres humanos.

Como nos dijeron los exploradores, aunque llovía de forma abundante en las altiplanicies circundantes, pocas veces lo hacía en Edén mismo y, cuando lo hacía, era una lluvia débil. Pero cada noche, desde la extensa red artificial de canales de irrigación, "subía un vapor" que revitalizaba la vegetación del Jardín. Sí hacía a veces viento, un viento fuerte que dejaba caer las frutas de los árboles.

En el momento de la llegada de Adán, aunque solo se había completado una cuarta parte del Jardín, este ya disponía de miles de kilómetros de acequias de riego y de más de diecinueve mil kilómetros de caminos y carreteras pavimentados. Había algo más de cinco mil edificios de ladrillo en los distintos sectores, y los árboles y las plantas eran prácticamente innumerables. Decidimos que cualquier núcleo habitacional en el parque no podía constar de más de siete casas para poder rodearlas de vegetación. Y, aunque sencillas, las edificaciones del Jardín eran, al mismo tiempo, muy artísticas. Las carreteras y los caminos estaban bien construidos, y la arquitectura paisajista era exquisita.

Las disposiciones sanitarias del Jardín eran mucho más avanzadas que cualquiera de las que se habían probado hasta entonces en Urantia. El agua para beber de Edén se mantenía salubre mediante el estricto cumplimiento de las regulaciones sanitarias dictadas por nosotros para conservar su pureza. Poco a poco, habíamos inculcado a los habitantes de Edén que no se tirase ningún tipo de desecho en el agua, pero a veces se descuidaban nuestras normas y se producían problemas de salud.

En ese sentido, y antes de llegar a instalar el sistema de alcantarillado de ladrillo que teníamos previsto, yo había dado orden a los edenitas que enterraran rigurosamente todas las basuras o materia en descomposición para que no cayera nada en el suministro de agua. Amadón mandaba a sus inspectores a rondas diarias buscando posibles causas de enfermedades. Los carroñeros marabúes indicaban a menudo esta falta de salubridad y obligábamos a los culpables a retirar cualquier basura acumulada. Era difícil hacer que tomaran conciencia de esto como prevención de las enfermedades.

La solución era en efecto la red de saneamiento que queríamos que se extendiese por debajo de los muros y desembocara en el río de Edén a más de un kilómetro y medio del muro exterior o menor del Jardín, pero la llegada esperada, aunque imprevista, de los hijos materiales nos había hecho desistir. Ellos se encargarían de construirlo.

Por otro lado, habíamos intentado que, cuando llegaran Adán y Eva, creciera en Edén la mayoría de las plantas de aquella zona del mundo. Ya habíamos mejorado de forma notable muchos frutos, cereales y frutos de cáscara dura, el alimento principal de los próximos gobernantes del mundo, y había decenas de variedades de vegetales, que esperábamos se pudiesen hacer llegar al resto del mundo. Aproximadamente el cinco por ciento del Jardín era objeto de un cultivo artificial intensivo, el quince por ciento estaba parcialmente cultivado, el resto se dejó más o menos en su estado natural pendiente de su venida. Pensábamos que era mejor hacerlo atendiendo a sus ideas.

Así estaba el Jardín de Edén a la llegada del hijo prometido y de su consorte. Esperábamos que hiciese honor a la óptima administración y gobernación de estos soberanos, pero conocíamos bien la situación, y sabíamos que no iba a ser fácil. De todos modos, Adán y Eva se sintieron bastante complacidos con el plan general de Edén, aunque ella haría muchos cambios en el mobiliario de su vivienda personal.

De hecho, aunque en el ansiado momento de la llegada, la tarea de embellecimiento aún no estaba acabada del todo, el lugar era ya una joya de hermosura botánica, y, durante los primeros días de su estancia en Edén, se continuó trabajando, ahora bajo la experta guía de Adán. Con su presencia, el Jardín adquirió una nueva forma y adoptó nuevas proporciones de magnificencia. Nunca antes ni después de este momento, se dio cobijo en Urantia a una manifestación tan espléndida y completa de horticultura y agricultura.

Los terrenos de la familia adánica abarcaban algo más de trece kilómetros cuadrados. En sus inmediaciones, se habían tomado medidas para cuidar a más de trescientos mil descendientes por línea directa, aunque solo llegamos a construir la primera parte de las edificaciones planeadas; la familia adánica mandaría erigir las que se fuesen necesitando.

IX EN JERUSEM, ANTES DE PARTIR

Yo siempre estaba cerca de Adán y Eva, aunque no físicamente. Había pocas cosas del Jardín que pasaran inadvertidas para mis compañeros serafines y para mí. Podía hacerme cargo de su descontento, de su frustración, de su disconformidad con ellos mismos por no saber hacer las cosas mejor, pero no estábamos autorizados para aconsejarles sobre el camino a tomar. Mi misión, como "voz del Jardín", era otra. Solo podía decirles, lo que ya les habían dicho los melquisedecs antes de irse: que tuvieran paciencia, mucha paciencia, que esperaran a que el mundo estuviese listo para llevar a cabo el plan de la unión de la sangre violeta con la de los habitantes del planeta, que respetaran su sagrado pacto. La violación de este acarrearía graves consecuencias para ellos y para la incipiente civilización.

Yo había conocido a Adán y Eva en Jerusem, la capital del sistema local de Satania. Eran miembros del colectivo de mayor rango de hijos materiales. Ambos tenían conjuntamente el número 14.311. Pertenecían a la tercera serie física. Eran seres nobles y afables. En el momento de ser elegido para venir a Urantia, Adán trabajaba, con su compañera, en los laboratorios físicos de prueba y ensayo de Jerusem. Llevaban más de quince mil años en calidad de directores de la sección de energía experimental aplicada a la modificación de las formas vivas. Mucho tiempo antes, habían sido maestros en las escuelas de ciudadanía para los recién llegados a Jerusem. No habían conocido a Van, pero sí a algunos otros miembros de la comitiva corpórea del príncipe Caligastia.

Normalmente, al recibir la noticia de que otro mundo habitado ha alcanzado la cumbre de su evolución física, el soberano del sistema reúne en la capital de dicho sistema al colectivo de hijos e hijas materiales; y, tras analizar las necesidades de este mundo evolutivo, se selecciona, de entre el grupo de voluntarios, a dos miembros —un adán y una eva del colectivo de mayor rango de los hijos materiales— para emprender la aventura, someterse al profundo sueño preparatorio para ser envueltos en un serafín y transportados desde su hogar, donde sirven de forma conjunta, a un mundo nuevo, con nuevas oportunidades y nuevos peligros.

Y cuando se expidió el anuncio pidiendo voluntarios para ir a Urantia, todo el colectivo de mayor rango de hijos e hijas materiales, más de ochenta mil, se había ofrecido como voluntario. No obstante los examinadores melquisedecs, con la aprobación de

Lanaforge, el soberano del sistema que había sustituido a Lucifer, y la de los altísimos de Edentia, les habían seleccionado finalmente a ellos. Serían los mejoradores biológicos de Urantia.

Durante la rebelión de Lucifer, Adán y Eva habían permanecido leales a Miguel de Nebadón. Sin embargo, se les había convocado ante el soberano del sistema y ante todos los miembros de su gobierno para ser entrevistados respecto a su fidelidad al creador del universo. Cientos de miles de ellos habían caído víctimas de la rebelión. Se les había expuesto en detalle todos los asuntos relativos a Urantia y se les había instruido exhaustivamente en relación a los planes a seguir tras aceptar las responsabilidades del gobierno, en un mundo tan asolado por los conflictos por la adhesión de Caligastia a la rebelión.

A ambos se les había tomado el respectivo juramento de lealtad a los altísimos de Edentia y a Miguel. Y se les había informado debidamente que debían estar bajo la autoridad del colectivo de síndicos melquisedecs de Urantia, hasta que dicho órgano de gobierno estimara conveniente renunciar al mando del mundo al que se les había asignado.

Iban perfectamente enterados de que la raza violeta que crearían no comenzaría a mezclarse con los nativos del planeta hasta que no sumara medio millón de seres y la comitiva del príncipe planetario proclamaría que los hijos de Dios habían descendido para efectuar su unión con las razas de los hombres; y la gente esperaría anhelante la llegada de ese día en el que se les anunciara que aquellos cualificados como pertenecientes a estirpes raciales mejor dotadas podían dirigirse a Edén para ser elegidos por los hijos e hijas de Adán, como padres y madres evolutivos de un nuevo orden de humanidad que surgiría de la mezcla de razas. Eran conscientes de que en Urantia el príncipe se había sublevado y no estaban seguros de quién se había hecho cargo de preparar el Jardín. Urantia estaba aislada. No obstante, conociendo la historia del planeta, pensaban que Van, de la comitiva corpórea del Caligastia, había emprendido esa tarea.

Sabían igualmente que ellos nunca procreaban con las razas evolutivas. La labor de mejoramiento era tarea de su progenie, los adanitas. Pero ellos no salían a encontrarse con las razas; la comitiva del Príncipe traía al Jardín del Edén a los hombres y mujeres mejor dotados para que, de forma voluntaria, se emparejasen con sus descendientes. Y, en la mayoría de los mundos, ser elegido aspirante para procrear con los hijos e hijas del jardín representaba un gran honor. Por primera vez, se aminoraban las guerras raciales y las otras luchas tribales, al mismo tiempo que las razas del mundo pugnaban cada vez más por alcanzar reconocimiento y admisión al jardín. Esta lucha competitiva pasaba a ocupar, en un planeta normal, el centro de toda su actividad.

Esta pareja dejaba atrás en la capital de Satania a cien vástagos —cincuenta hijos y cincuenta hijas—, unas magníficas criaturas que, en el momento de la partida de sus padres para Urantia, estaban ya debidamente formados y a la espera de sus respectivas misiones en planetas jóvenes. Junto con otros hijos materiales que se hallaban en Jerusem, ángeles como yo y muchos otros seres celestiales habíamos asistido a los actos de despedida en conjunción con las últimas ceremonias de aceptación de su ministerio. Sus hijos les habían acompañado al área de desmaterialización de su orden en el grandioso e inmenso templo de la potencia, regido por los controladores físicos. Habían sido los últimos en despedirse de ellos y en desearles buena suerte, a medida que se quedaban dormidos y perdían temporalmente la conciencia de sus personas, algo que siempre precedía al viaje en transporte seráfico. Fuimos testigo de la gran emoción que les había embargado. Les iban a echar de menos, pero se sentían orgullosos porque sus padres se convertirían pronto en las cabezas visibles, en verdad en los únicos gobernantes, del planeta número 606 del sistema de Satania.

Ninguno de nosotros había podido ver cómo se producía la desmaterialización en los laboratorios de los serafines de transporte. Allí transformaban a los seres materiales en un estado bastante parecido al morontial. Solo habíamos podido ver en las pantallas a los dos serafines de transporte listos para el viaje a Urantia. Esos serafines no eran como nosotros. Llevaban unos escudos de fricción, parecidos a alas, que se extendían desde la cabeza hasta los pies. Los escudos estaban ya plegados. Dentro de estos aislantes energéticos iban los cuerpos modificados de Adán y Eva. Llegado este momento, los serafines de transporte habían adquirido una silueta casi transparente, vibrante, como la forma de un torpedo de refulgente luminosidad y habían partido.

Adán y Eva habían dejado Jerusem en medio del reconocimiento y los buenos deseos de todos los que nos encontrábamos allí. Cuando un adán y una eva planetarios se dirigían a un mundo habitado, sus superiores les han instruido plenamente sobre la mejor manera de llevar a efecto el mejoramiento de las razas de seres inteligentes que allí existen. El plan a seguir no es uniforme, se deja mucho del ministerio de esta pareja a su propio criterio, y los errores no son infrecuentes, especialmente en mundos como Urantia, con desórdenes e insurrección.

Yo, Solonia, y otros muchos ayudantes planetarios, le seguiríamos enseguida, pero éramos serafines y no necesitábamos de nuestros compañeros transportadores para llegar a Urantia. Llegaríamos en el mismo momento que ellos.

Los adanes y las evas son criaturas semimateriales y, como tales, los serafines no los pueden transportar tal cual. Antes de poder viajar en un serafín para su traslado al mundo de destino, deben someterse, pues, en la capital del sistema a la desmaterialización. Los serafines transportadores son capaces de efectuar en los hijos materiales y en otros seres semimateriales unos cambios que les permiten ser envueltos en sus escudos y ser, por tanto, transportados, a través del espacio, desde un mundo o un sistema a otro. Se necesitan unos tres días de tiempo regular para preparar este transporte, y se requiere la cooperación de un portador de vida para restablecer a esta criatura desmaterializada a su existencia normal, una vez llega el final de su viaje.

X NUESTROS PRIMEROS DÍAS EN URANTIA

Recién llegados, tras nuestra memorable investidura como gobernantes del mundo, Eva y yo habíamos tomado conciencia de nuestro aislamiento. Las transmisiones que tan familiares nos eran en Jerusem estaban en silencio y, todas las vías de comunicación extraplanetarias, cortadas. Aquel mundo estaba en cuarentena. No podíamos pedir ayuda al soberano del sistema, sustituto de Lucifer. Nuestros compañeros, hijos materiales como nosotros, no habían tenido estos desafortunados contratiempos en los mundos a los que se les había destinado. Se habían encontrado con un príncipe planetario cumplidor, fiel al universo y con una experimentada comitiva lista para cooperar con ellos desde el principio. Pero en Urantia, la rebelión lo había cambiado todo. El príncipe planetario, a pesar de haber sido depuesto y despojado de la mayor parte de su poder, seguía estando muy presente, aunque para obrar el mal. Aún le era posible dificultar nuestra labor e incluso hacerla arriesgada de llevar a cabo. Ya habíamos sido advertidos muy especialmente por Van y Amadón, que se habían enfrentado a él.

Aquella noche habíamos paseado, serios y decepcionados, por el Jardín bajo el brillo de la luna llena, respirando la ligera brisa que venía del Mediterráneo mientras comentábamos los planes para el siguiente día.

—Mañana veremos a los melquisedecs de urgencia y al consejo consultivo, pero son muchos los obstáculos y los impedimentos —le había dicho a Eva mientras le estrechaba la mano con ternura, como buscando consuelo.

—La situación es muy compleja —había confirmado ella sin querer mirarme fijamente a los ojos, quizás para que no descubriera su propia preocupación—. Seguro que mañana nos dan algunos consejos y vemos las cosas de otra manera.

Habíamos caminado y hablado hasta muy entrada la noche, nuestra primera en Urantia. Habíamos conversamos de todo, de nuestro pasado y de nuestro futuro. Echábamos de menos a nuestros hijos de Jerusem, que se preparaban ya para sus propias misiones. El aroma de la primavera de aquel idílico lugar que tanto nos recordaba a nuestra esfera natal no había sido capaz de mitigar nuestra soledad.

—Volvamos a la casa. Mañana será otro día largo —me había pedido—. Tengo algo de frío.

No le había contestado. La había rodeado con mis brazos, sintiendo el suave tacto de sus hombros cubiertos a medias por un chal que le llegaba hasta los pies. Y nos habíamos dirigido a nuestro nuevo hogar, al oriente de Edén.

Pasamos nuestro segundo día en la tierra en reunión con los síndicos planetarios y el consejo consultivo. Nos habían recordado cosas que ya habíamos aprendido en Jerusem, pero que nos resultaban, incluso en aquellos días, como nuevas y casi inalcanzables. No era lógico que fuésemos así. Nuestro pesimismo resultaba inconsecuente con nuestro rango espiritual. ¿Qué tipo de humanización se había producido en nosotros al ser rematerializados para sentirnos así?

El melquisedec de mayor rango nos había dicho:

—Tenéis una trascendental misión. Cuando la sangre de vuestros descendientes se mezcle con la de las razas en evolución, se iniciará una nueva era, una gran era en el progreso evolutivo. Sobrevendrá una serie de rápidos avances en la civilización y en el desarrollo racial; en cien mil años se harán más avances que en un millón de años de enfrentamientos.

—Y recordad que vuestra descendencia debe mezclarse con los miembros mejor dotados de las razas evolutivas —continuó—. El príncipe no os ha preparado bien el camino, pero debéis intentarlo. Sed pacientes. Tenéis mucho tiempo por delante. Es la única manera de elevar el nivel biológico de la humanidad. Todo lo contrario sería insensato y pondría en peligro la civilización planetaria.

De ellos habíamos podido tener una información más detallada sobre la rebelión de Caligastia y las nefastas consecuencias que aquel levantamiento había tenido para el progreso de la humanidad en otros muchos aspectos, y resultaba descorazonador. Habíamos conocido todos los hechos relativos al total derrumbe de la trama urdida por Caligastia para acelerar el proceso de la evolución social. También nos habíamos percatado de la irresponsabilidad de intentar lograr el avance planetario con independencia del plan divino. Aquel día había sido instructivo, pero igualmente triste y desconcertante.

En nuestro tercer día de estancia en Urantia, habíamos estado inspeccionando el Jardín. Trasportados por los fándores habíamos sobrevolado Edén, pudiendo contemplar las grandes extensiones del más bello paraje de Urantia. Aquel día había culminado con un gran banquete en honor a todos los que habían trabajado para crear aquel jardín de una belleza y una grandiosidad paradisiacas. Los voluntarios, liderados por Van y Amadón, habían hecho una extraordinaria labor y había que hacer ese acto de agradecimiento, aunque no solamente a ellos, sino a la primera generación de estos, a los pioneros. Y, de nuevo, al atardecer, mi compañera y yo habíamos paseado por el Jardín hasta altas horas de la noche. Habíamos conversado una vez más sobre la enormidad de nuestros problemas.

—Será difícil que podamos solventar esta situación —le había dicho a Eva—. Tarde o temprano nuestros guías y asesores tendrán que irse.

—Verdad —me había respondido—. Tenemos que seguir todas las instrucciones que los síndicos melquisedecs nos den. Llevan miles de años aquí y han conseguido fundar importantes asentamientos para la difusión de la cultura.

—Se nos presenta un gran reto. No muchas veces se ha dado el caso de que un príncipe planetario que nos debería haber allanado el camino para nuestra misión y haya hecho todo lo contrario —le había manifestado a Eva—. Descansemos, ahora. ..

—Sí. Mañana tenemos que dar un discurso ante la asamblea y hablar de nuestros proyectos. De sobra sabemos lo que tenemos que decir, pero ¿se llevarán nuestros planes a cabo?

XI DISCURSO, GOBIERNO PROVISIONAL Y VISITA DE EDÉN

Y puso Adán nombre a toda bestia, a toda ave de los cielos y a todo ganado del campo; pero no se halló ayuda idónea para él. (Génesis)

Y acabó Dios en el día séptimo la obra que hizo; y reposó el día séptimo de toda la obra que hizo.
(Génesis)

*A*l día siguiente, nuestro cuarto día en Urantia, los fándores nos habían llevado desde nuestra residencia hasta el mismo montículo en el que se nos había erigido gobernantes del mundo, muy cerca del templo del Padre. A las doce del mediodía teníamos que dar un discurso ante el consejo consultivo, una asamblea constituida por hombres y mujeres para la nueva administración de los asuntos del mundo, y ante los habitantes del Jardín que deseasen asistir. Sin poder evitarlo, íbamos abatidos y, más que convencer a nadie de la utilidad y aplicabilidad de nuestros planes para la mejora del planeta, necesitábamos encontrar la confíanza suficiente en nosotros mismos para llevarlos a cabo. Desde el aire, había sentido el verdor de la primavera junto a la brisa marina que se filtraba entre las bajas montañas del este, pero había pocas cosas que lograran darme el aliento que tanto Eva como yo, quizás yo algo más que ella, necesitábamos en aquellos momentos.

—En realidad —le había confesado en el camino hacia el montículo— me siento algo desconcertado, Eva, ya no solo por la larga lucha que tenemos por delante, sino por el hecho mismo de que, tras nuestra larga formación en Jerusem, nos sintamos desbordados.

—No es del todo nuestra culpa —había dicho Eva, intentando sosegarme—. La situación planetaria es poco menos que insostenible.

Cuando llegamos, ya estaban allí los asistentes. Se había dispuesto un estrado y asientos para al menos cien personas; otras nos oirían de pie. Al vernos, se habían levantado en señal de respeto y bienvenida.

Como cogobernantes del planeta, habíamos decidido alternarnos en la exposición. Nos enfrentábamos a un discurso en el que teníamos que presentar los objetivos que planeábamos alcanzar.

—Es nuestro deseo —había comenzado yo sonriente tras los saludos iniciales— que Edén, como sucede en otros mundos habitados, permanezca como un magnífico centro cultural y continúe operativo era tras era como modelo social para todo el planeta. Fundaremos aquí escuelas que formarán a nuestros hijos y a los vuestros; después acogeremos a aspirantes idóneos provenientes de las razas del mundo para educarse igualmente y mezclarse luego con nuestros descendientes de la raza violeta.

—Desarrollaremos la manufactura —había continuado Eva, con la seguridad a la que me tenía acostumbrado— y abriremos nuevas vías de intercambio comercial a las ya emprendidas por Van y Amadón. De esta manera, contribuiremos de forma rápida a la expansión de la cultura y al rápido mejoramiento de las razas evolutivas. Y, como menciona Adán, el cruzamiento de nuestros hijos con las razas evolutivas reforzará esas relaciones, teniendo como resultado la inmediata elevación de la condición biológica, el aumento del potencial intelectual y el realce de la receptividad espiritual.

Nuestros mentores, todos invisibles para los asistentes menos Van y Amadón, habían asentido a cada palabra que pronunciábamos. Aquello empezó a darnos el empuje que tanto necesitábamos.

—Normalmente, la sede jardín de la raza violeta —había añadido yo, siguiendo con el hilo de la formación— se erige como segundo centro de la cultura mundial y, junto con Dalamatia, la primera ciudad sede del príncipe planetario, marca la pauta del desarrollo de la civilización. Durante siglos las escuelas de ambas sedes son coetáneas. Por lo general, cooperan armoniosamente en labores conjuntas, pero todos sabemos el lamentable fin de Dalamatia. Buscaremos, por tanto, alternativas viables.

—Será complicado —había intervenido Eva, que se iba a encargar de dirigir toda la labor docente— armonizar ambas enseñanzas cuando la ciudad del príncipe caído yace en el fondo del océano, pero, como dice Adán, nos pondremos a ello. Por lo común, las escuelas de los príncipes planetarios y su comitiva se ocupan principalmente de los ámbitos morales, espirituales y filosóficos, mientras que en nuestras escuelas jardines prestamos mayor atención a la condición física, científica, económica, al igual que al desarrollo comercial del mundo y al gobierno civil. Ambas se dedican generalmente y por igual a promover las artes, las relaciones sociales y los logros intelectuales. Procuraremos fusionar estos objetivos en nuestros propios centros de formación.

—Habrá dos escuelas —había continuado yo—, la del oeste de Edén, dedicadas a la formación de los edenitas, y las del este, destinadas a la de nuestra descendencia. Habrá diferencias entre ambas en cuanto a metodología por la función que ha de tener la raza violeta, pero también puntos comunes. Nuestro objetivo principal es la socialización. Es cierto que dedicamos los períodos previos al mediodía a la útil práctica de la horticultura y de la agricultura, pero los mediodías se

136

emplean en juegos competitivos, y los períodos vespertinos se destinan a las relaciones sociales y al cultivo de las amistades personales. La formación religiosa y sexual es competencia del entorno familiar, principalmente de los padres.

—En nuestras escuelas, se impartirán enseñanzas acerca de la salud y el cuidado del cuerpo, las regla de oro o normas para las relaciones sociales, la relación de los derechos individuales con los del grupo y las obligaciones comunitarias, la historia y la cultura de las distintas razas de la tierra, los métodos para el avance y la mejora del comercio mundial, la coordinación de deberes y emociones en conflicto y el cultivo del juego, el humor y las alternativas en el terreno de la competición a la lucha física —había expuesto Eva tratando de no dar complejos detalles para no cansar a los mortales presentes.

Y a objeto de que el discurso no pareciese demasiado largo, había intervenido yo para permitir que se hiciesen las preguntas pertinentes:

—Si tenéis alguna duda sobre algo, preguntadnos, por favor.

Un nodita del mismo consejo consultivo preguntó entonces:

—¿Cómo tenéis pensado difundir este conocimiento a otras tribus de fuera de la península?

—Traeremos a maestros de otras tribus para que se formen aquí —había contestado—. También admitiremos visitantes no armados y durante breves períodos para no entorpecer el proceso educativo. Aquellos que quieran residir en el Jardín durante más tiempo para observar nuestra forma de vida tendrán que ser adoptados. Se les instruirá sobre nuestros planes, objetivos y misión, pero han de manifestar su intención de adherirse a estos y hacer una declaración de lealtad a nuestras reglas sociales, a las leyes del Jardín y a la soberanía espiritual del Padre Universal.

—Las leyes del Jardín se basarán en los antiguos códigos de Dalamatia, en los siete mandamientos o "Vía del Padre", que Van y Amadón conocen muy bien y que han venido enseñando durante miles de años. Estos mandamientos —había comentado Eva— son nuestra suprema regla y ley moral.

—Confiaremos la organización del culto a los noditas —había añadido yo—, que pronto comenzarán a oficiar, restaurando las normas y disposiciones de tiempos anteriores. El séptimo día de la semana se dedicará a la adoración del Padre. El mediodía será la hora del culto público y, el atardecer, la del culto familiar. Las mañanas se dedicarán al mejoramiento físico, las primeras horas de la tarde, al cultivo de la mente y, las últimas, al disfrute social.

—Adán, ¿qué piensas de nuestras oraciones heredadas de Dalamatia? —había preguntado una mujer de raza azul, otro miembro del consejo cónsultivo.

—Aunque es más fácil seguirlas, queremos desincentivar en lo posible el uso de oraciones preestablecidas —había aconsejado yo, consciente de que Van las había seguido durante miles de años—. La oración más eficaz ha de ser enteramente personal; debe ser el "el anhelo del alma". También procuraremos reemplazar los sacrificios de sangre que se hacen por tradición en las ceremonias religiosas por las ofrendas del fruto de la tierra.

—Queremos instruir en la igualdad de sexos, así como mi marido y yo trabajamos juntos —había manifestado entonces Eva—. Además, la mujer, al igual que el hombre, contribuye a los elementos vitales que se unen para formar un nuevo ser. Hay que erradicar de la mente la idea de que la procreación reside en la "entrañas del padre". La mujer no solamente nutre al no nato y amamanta al neonato, sino que es además parte crucial en la procreación de los hijos.

—Queremos, además, que la lengua del pueblo violeta reemplace todos los idiomas de las razas, algo que se conseguirá cuando estas estén bien mezcladas— había dicho Adán—. Hasta que no haya una lengua común será difícil que se logre la paz y la cooperación universal.

—Nuestra era se caracterizará por un gran avance ético —había explicado Eva—. Nuestra meta es lograr la hermandad entre los hombres. La paz mundial, el cese del conflicto racial y de la enemistad nacional, señalará que el planeta está preparado para la llegada del tercer orden de filiación...

Hablamos durante más de dos horas. Desarrollamos todos nuestros proyectos para la rehabilitación del mundo, al igual que los impedimentos con los que nos íbamos a encontrar. Esbozamos los métodos por los que trataríamos de rescatar la cultura social de Urantia de los bajos niveles en los que había caído como resultado del pecado y la rebelión.

Al terminar un grato y sincero aplauso había coronado nuestro discurso y, lo que fue más importante para nosotros, observamos afabilidad y comprensión en los rostros de los melquisedecs. Aquello nos confortó hasta hacernos olvidar temporalmente nuestro desencanto y frustración. Sin preverlo, aquel fue un día para la esperanza, que concluyó con una celebración en consideración especial de quienes nos iban a asistir en la gobernación del mundo. También, en honor a nosotros, que éramos vegetarianos, se habían preparado viandas para unas quinientas personas a base de verduras, frutas, semillas de calabaza, lino, chía, pepitas de girasol, cacahuetes, nueces y frutos secos. En vasijas de cerámicas se servirían zumos y agua de coco.

—Me alegro de que los melquisedecs hayan elegido a hombres y mujeres para tan fundamental tarea —había comentado Eva en voz alta durante la celebración—.

—Sí —le había respondido Amadón, que se había convertido en jefe de nuestra guardia personal y se encontraba cerca—. Es muy positivo que haya mujeres en un consejo consultivo de tanta trascendencia. Realmente —había añadido—, en todo Edén ha sorprendido cómo compartes con Adán los supremos deberes de los asuntos mundiales.

No pude dejar de sonreír al oírle. Efectivamente, lo que para nosotros era habitual en Jerusem, no lo era en un mundo tan primitivo y patriarcal como aquel.

Y así había acabado nuestro cuarto día en Urantia. Los festejos habían logrado apartar temporalmente nuestros sombríos pensamientos. Volvimos a casa pasadas las seis de la tarde, en los mismos fándores que nos habían traído. Las pocas nubes del horizonte se arremolinaban para no dejar que el sol penetrase.

Durante nuestro quinto día, nos habíamos reunido con los melquisedecs y Van para organizar el gobierno provisional antes de su marcha. El siguiente día lo habíamos dedicado a conocer personalmente a los edenitas, que eran de todas las ocho razas entonces existentes en Urantia: las seis razas de color, la andonita y la nodita. La que procreáramos nosotros, la violeta, sería la novena. A caballo nos habíamos dirigido, siempre escoltados, a las murallas orientales de Edén. Allí habíamos podido contemplar la vida animal del planeta. Conocer tal variedad de criaturas vivas existentes nos podría ayudar a poner orden en aquel confuso mundo habitado. Pude apreciar la sorpresa de los que nos acompañaban cuando se percataron de que yo era capaz de describir la naturaleza y el comportamiento de los miles de animales que nos mostraban. Tan solo con mirar un instante al animal yo sabía especificar sus características, y, de inmediato, le asignaba un nombre que detallaba su origen, la naturaleza y su actividad dentro del ecosistema. Incluso les había descrito un gran número de seres vivos demasiado pequeños como para ser percibidos a simple vista.

—¿Cómo es posible que sepas tantas cosas, Adán? —me había preguntado fascinado Amadón, que dirigía la escolta.

Eva no me había dado tiempo a responderle:

—Adán es el anatomista más experimentado de toda Satania.

—Tú no estás menos cualificada, Eva —le había dicho.

Cuando terminó nuestro sexto día de estancia en Urantia, pudimos verdaderamente descansar en nuestro nuevo hogar del "oriente de Edén". Los primeros seis días de nuestra aventura urantiana habían sido muy ajetreados y ansiábamos pasar todo un día placentero, libres de cualquier actividad. Nos quedó un sabor agridulce. Por un lado, sentíamos el peso de la responsabilidad, pero, por otro, estábamos orgullosos de ser los gobernantes de aquel hermoso mundo y de sus criaturas. Necesitamos asimilar todo lo vivido.

Al atardecer, antes de retirarnos, nos habíamos dirigido al bello templo dedicado al Padre invisible. Habíamos cruzado el atrio donde estaba el árbol de la vida, el que mantendría nuestra inmortalidad, y nos habíamos dirigido a la nave central, el lugar de culto. Era muy espaciosa, con capacidad para cientos de personas. Allí no había imágenes sino solo una enorme vela en la zona del altar que se mantenía siempre encendida. Por encima, a más de tres metros de altura, había una cúpula hecha de cristal de colores y de estaño que dejaba pasar una luz anaranjada. El atardecer del Mediterráneo se adivinaba cerca. Estábamos solos. Nos sentamos y permanecimos en silencio, pidiéndole al Padre que nos acompañara en aquella ardua misión. Después habíamos paseado por el claustro. Eva había cogido mi mano con inquietud.

—Hermosas esas flores —se había limitado a decir.

Desde los grandes arcos se veía un cuidado jardín.

Así habían acabado nuestros primeros días en aquel aislado mundo, en aquel confuso planeta lugar de la traición del perverso Caligastia.

XII LA PRIMERA REVUELTA

Y acabó Dios en el día séptimo su obra que hizo, y reposó el día séptimo de toda su obra que había hecho.

(Génesis)

Desde mi llegada había acompañado y asesorado a Adán y Eva, y tengo bien presentes sus primeros días en Urantia. Como ángel del Jardín, aquel era uno de mis cometidos. Esa noche, descansaron apaciblemente tras visitar el templo. La acontecido el día anterior en el que Adán había analizado con tanta inteligencia y exhaustividad la vida animal de Urantia, junto al magistral discurso inaugural de ambos y sus encantadores modos, se había ganado los corazones de los moradores del Jardín, pero había impresionado sus intelectos de tal manera que no solo estaban abiertamente decididos a aceptar como gobernantes a los recién llegados de Jerusem, sino que, desafortunadamente, la mayoría estaba muy dispuesta a postrarse ante ellos y adorarles como dioses.

Aquella noche, la siguiente al sexto día, mientras Adán y Eva dormían, ocurrieron cosas extrañas en las inmediaciones del templo del Padre, en el sector central de Edén. Allí, bajo los rayos de la tenue luna, cientos de hombres y mujeres se habían aglomerado para escuchar con entusiasmo y emoción el apasionado alegato de sus líderes, los actuales capitanes de las compañías que se crearon para construir el Jardín:

—¡La Divinidad ha descendido a la tierra en forma humana! ¡Adán y Eva son verdaderos dioses! —decía uno de ellos en voz alta—. ¡Cometeremos un pecado si no les damos culto!

—¡Sí! ¡Son los hijos prometidos por los que tanto hemos pedido en nuestras oraciones y debemos adorarles como dioses que son! —exclamó una mujer desde la multitud.

La gente, aunque bien intencionada, estaba exaltada y asentía con la cabeza mostrando su acuerdo con lo que allí se decía.

—Lo han demostrado con su porte, con su extraordinaria bondad y sus increíbles conocimientos —añadió otro de los líderes—. Además, unos ángeles les trajeron de los cielos.

—¡Fijaos además en la luz violeta que despiden sus cuerpos. Casi no podemos ver sus rostros por la noche! —expuso de nuevo uno de miembros de los líderes, enfervorizando aún más a los allí presentes.

—¡Vayamos a buscarles! —exhortó alguien más.

—¡Los podemos llevar al templo y reverenciarles allí! —alentó una mujer del consejo consultivo.

—¡No van a querer! —interrumpió otro de los asistentes—. ¡Son demasiado humildes y discretos para pedirnos la pleitesía que se merecen!...

Estuvieron durante horas reunidos. No había duda de que los edenitas tenían loables deseos, pero, en realidad, no habían alcanzado a comprender la sencillez y la actitud fraternal y democrática de sus nuevos gobernantes. Los sorprendentes acontecimientos de los seis primeros días de Adán y Eva en la tierra excedían por completo la capacidad de las mentes, poco preparadas, incluso de los mejores hombres y mujeres del mundo como eran aquellos edenitas. Sus cabezas eran un torbellino y, poco antes del amanecer, se dejaron arrastrar por la idea de llevar a la noble pareja, al mediodía, al templo del Padre para rendirles adoración y postrarse humilde y sumisamente ante ellos. Los habitantes del Jardín actuaban con total sinceridad.

Van, que residía en las inmediaciones, acudió enseguida antes de que la multitud emprendiera la marcha hacia los terrenos de la familia adánica, a casi treinta kilómetros de distancia, con la intención de convencerles de su equivocación. Amadón se encontraba ausente por estar a cargo de la guardia de honor que durante la noche se había quedado con Adán y Eva. Aunque creyó que podía controlar la situación, Van enseguida envió a uno de sus ayudantes con las aves de pasajeros para darles noticia de lo que estaba sucediendo.

Cuando la multitud vio a Van, se hizo un silencio respetuoso.

—¡Solo el Padre universal es digno de adoración! —dijo bastante turbado—. ¡Es a él a quien tenéis que amar y rendirle culto!

Nunca había visto a Van tan consternado.

Al mismo tiempo, tanto él como yo observamos cómo Caligastia se había acercado con Daligastia a la muchedumbre. —Los lanonandecs, como los ángeles, podían trasladarse a voluntad usando las corrientes energéticas del planeta.— No supimos si habían causado aquel alboroto o querían aprovechar la oportunidad para sus nefastos planes. Van me pidió que estuviese atento a sus intenciones.

—Pero tú eres como ellos, Van —manifestó alguien tras oírle hablar—. Eres otro dios. Si no, ¿cómo puedes haber vivido tanto tiempo en la tierra y haber propiciado tan magno evento como la venida de Adán?

—¡Yo no soy ningún dios, como tampoco lo son ellos! —negó enérgicamente—. ¡A pesar de nuestras enseñanzas, idolatráis todo lo que no podéis comprender!

Van era consciente de que incluso muchos habían empezado a adorar al supuesto espíritu del árbol de la vida que les daba la inmortalidad. Empezó a indignarse y a perder su habitual calma cuando notó que los agitados edenitas hacían caso omiso a sus palabras y se aproximaban a él con intención de llevarlo por la fuerza al montículo, el mismo donde hacía poco se había recibido con vítores a los hijos prometidos. Allí pretendían rendirle reverencia.

—¡Dejadme paso! ¡Estáis errados! —les gritó cuando vio sus pretensiones.

Por el respeto que le tenían, aquellas palabras hicieron reaccionar a los edenitas y, a duras penas, hicieron un pasillo por el que le abrieron paso. Pero, al ver que no podía controlar la situación y que aquel gran grupo de personas se dirigía hacia la residencia de Adán y Eva, decidió avisar a toda prisa a los gobernantes del mundo a través del jefe de los seres intermedios, que llegaría antes que las aves de pasajeros.

En pocos segundos estuvieron estos ante ellos y, casi al alba de su séptimo día en Urantia, Adán y Eva oyeron aquella alarmante noticia sobre el propósito de estos descaminados, pero bienintencionados mortales. Rápidamente los seres intermedios llevaron a Adán y a Eva al templo del Padre. Y, temprano en la mañana de aquel día, Adán, desde el mismo montículo en el que querían adorar a Van, se dirigió a ellos con gran autoridad:

—¡Nosotros no somos dioses! Ningún ser que habita en este mundo lo es, ni los que veis ni los que no podéis ver. Nosotros como hijos materiales, al igual que los melquisedecs, los lanonandecs y los altísimos, de los que habéis oído hablar, junto a muchos otros órdenes de seres que no se os han revelado, somos seres subordinados a Dios. Somos sus ayudantes y cumplimos la misión que él nos ha encomendado; la nuestra es la de rehabilitar este mundo, como ya sabéis.

Adán percibió entonces que la multitud había empezado a calmarse.

—Nosotros mismos acudimos al templo para adorar a nuestro Creador —añadió Eva—. Dios es quien ha creado todas las cosas que veis a vuestro alrededor. Él cuenta el número de sus mundos y a todos llama por sus nombres. A Dios se le discierne a través de nuestro ministerio. Y aunque no podáis verlo él os ama y se regocija en vosotros y provee un camino para vuestro eterno progreso espiritual.

—¡Adoradle a él!" A quien es tan grande y a quien está, al mismo tiempo, tan afectuosamente dedicado a vuestra elevación espiritual —continuó Adán—. ¡Amadle a él! A quien con tanta potestad crea y rige su creación, y a quien, además, es tan perfecto en bondad y tan fiel en la benevolencia con cuya sombra nos abriga. Dios es bueno y misericordioso y solo él es digno de alabanza.

—Podremos aceptar cualquier honor y muestra de respeto —expresó Eva con firmeza—, pero la adoración, ¡nunca!

Sus palabras calaron hondamente en la muchedumbre. Justo antes del mediodía, acercándose el momento de la llegada del mensajero seráfico que portaba el reconocimiento, de parte de Jerusem, de la instauración de los gobernantes del mundo, Adán y Eva, apartándose de la muchedumbre, señalaron al templo del Padre y dijeron:

—Id ahora al símbolo material de la presencia invisible del Padre e inclinaos para adorar a quien nos hizo a todos y nos mantiene vivos. Y que este acto sea expresión de vuestra promesa sincera de que nunca más estaréis tentados de adorar a nadie que no sea Dios.

Todos hicieron lo que Adán les indicó.

—Consagrad este día, el séptimo de la semana, a Dios. Congregaos en el templo siempre al mediodía y adorar a aquel que nos creó y nos sustenta.

El hijo y la hija materiales se quedaron solos en el montículo con las cabezas inclinadas mientras que la gente se postraba en torno al templo. Fue un día memorable para ellos y una gran lección para los edenitas.

Van y yo vimos como el príncipe caído se alejó junto con su ominoso acompañante; irían a la isla del Golfo Pérsico donde habitaban. No tardarían en volver...

Y durante casi siete años después de la llegada de Adán, los síndicos melquisedecs siguieron en activo, pero había llegado finalmente el momento de entregar la administración de los asuntos mundiales a Adán y regresar a Jerusem.

La despedida de los síndicos llevó el día entero y, avanzada la tarde, cada uno de ellos, al partir, ofreció a Adán y a Eva sus recomendaciones y sus mejores deseos. Varias veces Adán había solicitado a sus asesores que permaneciesen con él en la tierra, pero siempre se le denegaron sus peticiones. Había llegado la hora en la que los hijos materiales tenían que asumir plena responsabilidad por la dirección de los asuntos mundiales. Y así, a medianoche, los transportes seráficos de Satania dejaron el planeta rumbo a Jerusem con catorce seres, entre los que se encontraban los doce melquisedecs y Van y Amadón, que lo hacían al mismo tiempo.

Durante un tiempo, todo marchó bastante bien en Urantia, y parecía que Adán, en algún momento, sería capaz de llevar a cabo algún plan para promover la expansión paulatina de la civilización edénica. Atendiendo a las recomendaciones de los melquisedecs, comenzó a fomentar las artes de la manufactura con la idea de desarrollar relaciones comerciales con el mundo exterior. En Edén llegó a tener más de cien plantas manufactureras operando, y se habían establecido amplias relaciones comerciales con las tribus cercanas.

Durante milenios, se había formado expresamente a Adán y a Eva para mejorar el mundo con vistas a contribuir de forma particular al avance de la civilización evolutiva; pero ahora tenían que enfrentarse a problemas acuciantes, tales como el establecimiento de la ley y el orden en un mundo de seres humanos salvajes, primitivos y semicivilizados. Aparte de lo más selecto de la población de la tierra, que se hallaba reunida en el Jardín, solo algunos pocos grupos dispersos estaban en cierto modo listos para ser receptores de la cultura adánica.

Adán hizo un esfuerzo heroico y decidido para establecer un gobierno mundial, pero se encontraba a cada paso con una tenaz resistencia y ya había puesto en funcionamiento por todo Edén un sistema de control de los distintos grupos existentes y había federado a estas compañías en la liga edénica. Si bien, se produjeron problemas muy graves cuando salió del Jardín y trató de aplicar estas ideas a las tribus de la periferia. En el momento en el que los colaboradores de Adán comenzaron a operar fuera del Jardín, se toparon con la resistencia directa y bien planificada de Caligastia y Daligastia. El príncipe depuesto seguía presente en el planeta y capaz, al menos hasta cierto punto, de oponer resistencia a todos los planes de Adán para rehabilitar la sociedad humana. Adán quiso prevenir a las razas contra Caligastia, pero la tarea se vio muy dificultada porque su archienemigo era invisible a los ojos de los mortales.

Incluso entre los edenitas había mentes confundidas que apoyaban las enseñanzas de Caligastia sobre la desmedida libertad personal; y causaron a Adán un sinfín de problemas; siempre estaban alterando los planes mejor trazados para el progreso ordenado y un sustancial desarrollo del mundo. Finalmente, Adán se vio forzado a retirar su programa de inmediata socialización; volvió al método de organización de Van, dividiendo a los edenitas en compañías de cien miembros con capitanes al mando de cada una de ellas y tenientes a cargo de grupos de diez miembros.

Adán y Eva habían venido a instituir un gobierno representativo en lugar de monárquico, pero no encontraron ningún gobierno que mereciera ese nombre sobre la faz de la tierra. De momento, Adán cesó en sus esfuerzos por implantarlo y, con la ayuda de la confederación occidental o siria de las tribus noditas logró establecer casi cien centros comerciales y sociales en zonas periféricas donde personas fuertes gobernaban en su nombre. La mayoría de estos centros habían sido organizados anteriormente por Van y Amadón. Pero los gobernantes del mundo no sabían que aquella misma confederación de noditas ocasionaría el colapso del régimen edénico.

XIII MIS ÚLTIMOS DÍAS EN URANTIA

Mi deseo de ir a Mansonia, de convertirme en ascendente, en un peregrino del tiempo, al igual que Van lo había sido, era intenso, ilusionante, como lo fue ese lejano día, aún de madrugada, cuando aquel ser luminoso, con el fuerte viento *shamal* de principios de junio, se presentó a mí para anunciarme que había sido elegido. Acababa de salir de mi choza y salía a pescar al río rápido.

—Amadón, ¿estás dispuesto a dar tu aliento de vida a seres venidos de las estrellas? —me preguntó.

Dije que sí sin dudarlo. No me sonaron extrañas aquellas palabras. Tampoco que supiera mi nombre. Toda mi corta vida había ansiado que se cumpliese en mí la profecía de Onagar, el primer maestro de la verdad de mi raza. Otros noventa y nueve andonitas de diferentes poblados de Mesopotamia también habían accedido. Dalamatia, la ciudad del príncipe, la espléndida sede cultural del aún apenas poblado mundo se erigía como espléndido foco de la más prometedora humanidad, como el relámpago más brillante de una noche borrascosa en los inmensos bosques vírgenes de mi tierra. Luego vendría la oscuridad y luego de nuevo la tenue luz de la esperanza con la llegada de los melquisedecs de urgencia.

Quizás inmerecido, los altísimos nos habían hecho un inmenso, un extraordinario regalo a los donantes de plasma de la antigua comitiva corpórea... la inmortalidad. Mi profundo agradecimiento por aquello y por la oportunidad que se me había dado de ser útil a la humanidad perduraría, iría conmigo arropado en mi persona durante los siglos por venir, en el venturoso viaje que me esperaba al centro infinito del universo.

Tras la guerra, incruenta pero mortífera, todos los donantes leales habían partido ya para Mansonia en los formidables serafines de transporte. Nuestra despedida había sido un "hasta luego". Todos eran queridos compañeros míos de un excepcional episodio de vida. Algún día les seguiría. No sabía cuándo en aquel momento, pero ahora sí. Ya era inminente. Había que decir adiós no a Mesopotamia, sino a Edén, el más hermoso paraje ajardinado jamás conocido. El lugar perfecto para la residencia de los adanes, que tanto les recordaba a las bellezas florales de sus heredades en Jerusem, y para el cumplimiento de su crucial cometido para Urantia.

Las manos de tres mil hombres y mujeres y de sus descendientes habían tejido aquella esplendorosa belleza. Su entrega y dedicación no debía ser olvidada jamás. Se habían ganado con creces el nombre de edenitas; ellos eran en sí mismos Edén, antes de que los hijos prometidos llegaran.

Con su ansia de perfección, su lealtad a los valores del universo y, al mismo tiempo, su fortaleza y equidad, Van, el avonita, el jerusemita, me había iluminado el camino en la tierra como el primer fuego había iluminado radiante a mis ancestros Andón y Fonta, cuando un nido seco cayó fortuitamente sobre la chispa de sílex. Conocía muchos detalles de lo que me esperaba a través de él, de su paso por los siete mundos de las mansiones hasta su llegada a Jerusem, ya como ciudadano de la capital del sistema local de Satania. Después seguirían otros destinos de perfección y espiritualización: Edentia, Lugar de Salvación, Uversa ... hasta llegar a la Isla Paraíso. Con él, mi entrañable amigo, esperaba caminar algún día por ese sendero de estrellas hasta la última aventura.

Van y yo nos habíamos ya despedido de Adán y Eva. Nuestros cuerpos tenían que ser desmaterializados para viajar en serafín. Tras siete años de conocer a los nuevos gobernantes del mundo nos dio tristeza decirles adiós. Vimos en la mirada de estos bellos seres

159

de enorme estatura la aflicción de dos niños pequeños, desamparados, increíblemente desvalidos. Les di un abrazo que me sobrecogió. Quizás presentí algo en aquel instante. Van les habló durante mucho tiempo para confortarlos. No tenían una labor fácil con el príncipe caído siempre acechando. Luego nos encaminamos juntos hasta el atrio del templo del Padre, desde donde partiríamos pasados diez días. Nosotros también nos dimos un fuerte abrazo antes de que los serafines nos incitaran al sueño de cincuenta años luz. Una vez en Jerusem, nuestras sendas se separarían.

Los doce melquisedecs se despedirían más tarde de Adán y Eva. Por indicaciones de Lanaforge, el soberano del sistema local, sustituto de Lucifer, debían darles unas últimas advertencias e instrucciones. Me imaginé a estos seres de raza violeta pidiendo vanamente que no los dejaran solos. Pero no podía ser. Tenían que tomar las riendas del mundo, afrontar difíciles decisiones pocas veces experimentadas antes por hijos materiales, cumplir con su sagrada misión de hacer avanzar el mundo. Temían, y con razón, al fragoroso fracaso de llevar al mundo de nuevo a la gélida oscuridad del primer gran glacial que azotó a Urantia.

XIV NUESTRA FIEL RASLA

Durante casi sesenta años, desde antes de que los melquisedecs regresaran a Jerusem, Rasla, una edenita de dieciocho años, de la gran raza azul mezclada con la brillante raza nodita, me había ayudado a criar a mis hijos. El primero en llegar había sido Adánez, realmente el primogénito de la raza violeta; después vino su hermana Latla e inmediatamente Evánez. A él le siguieron dos, otra hija y un hijo más. Los siguientes fueron gemelos. Rasla nunca quiso casarse y se quedó con nosotros. Su único cometido, no por ello menos importante, era atender a nuestra descendencia, que se adivinaba numerosa, aunque, como a mí, le gustaba cuidar las flores que crecían en nuestro jardín. Me gustaba su personalidad, y todos sentíamos un gran afecto por ella. Mis hijos la llamaban "aya", en un tono siempre cariñoso. Posteriormente, tuvimos que necesitar a otras tres niñeras para los muchos hijos que nos nacieron.

En Jerusem, Adán y yo habíamos sido instruidos en la alimentación y educación de nuestros descendientes, siempre de acuerdo con la misión que teníamos y las características especiales de nuestra progenie, muy diferente genéticamente a la de las razas evolutivas. Durante milenios, los hijos materiales habíamos adquirido una valiosa experiencia en los distintos planetas habitados y esta se transmitía junto con otros conocimientos a los siguientes hijos materiales para el desarrollo adecuado de la raza violeta. De todas formas, cada mundo tenía algún aspecto distintivo de acuerdo con sus condiciones atmosféricas y ambientales.

Había tenido una entrevista con Rasla antes de decidirme por ella. Era nieta de los primeros constructores del Jardín. Se veía bastante inteligente y educada, y muy resuelta. Supe que había hecho una buena elección nada más que la vi. Pero antes de que empezara a trabajar con nosotros y cuidara de Adánez, había querido conocerla mejor, darle instrucciones e intentar que nos conociera a nosotros. En cierta manera, deseaba también que los edenitas, a través de ella, se dieran cuenta de que no éramos dioses, a pesar de nuestra inmortalidad. Según me contó, su experiencia era la de haber ayudado lealmente a su madre a criar a sus cinco hermanos menores y aquello me agradó, y me fue suficiente. Me di cuenta de que era una mujer en la que se podía confiar. Era muy tranquila, lo que me daba sosiego, si bien, en la conversación, demostró un deseo extraordinario y muy vivaz por saber de nosotros. No era de extrañar; para los edenitas, Adán y yo, como Van y Amadón les habían enseñado, éramos seres venidos de fuera para mejorar la raza humana.

—Nuestros hijos dejan de amamantar a la edad de un año —le había dicho durante la conversación—. Entonces y hasta que les aparezcan los dientes debes sustituir esta leche por la vegetal, igualmente nutritiva. En el Jardín podemos extraerla de una gran variedad de frutos secos. Yo te enseñaré a hacerlo. También hay que darles zumos de fruta.

En realidad, yo seguía las instrucciones de Adán. Como eminente biólogo ya en Jerusem, conocía perfectamente la composición química y el valor energético de estos alimentos y los combinaba convenientemente para alimentar a nuestros hijos.

—Pero, madre Eva —todos me llamaban a mí así en Edén—. Nosotros no destetamos a los hijos hasta los dos o tres años. Nuestras ancianas nos dicen que es lo mejor para ellos —dijo sorprendida, aunque muy respetuosa.

—Sí, es lo mejor para vosotros porque os ayuda a evitar enfermedades, pero nuestros cuerpos son diferentes y no necesitan esas defensas.

—Entonces, ¿tampoco pueden tomar la leche de los animales?

—No. La leche de vaca o de cabra les produce trastornos estomacales, picores e incluso problemas

163

respiratorios —le contesté, tratando de evitar usar muchos tecnicismos.

—Pero vuestros cuerpos son muy grandes comparados con los nuestros y sé, por lo que se habla, que nunca consumís carne de animales, ¿qué les dais a vuestros hijos una vez que le han salido los dientes?

—Rasla, nosotros somos vegetarianos y han de seguir alimentándose de frutas, frutos secos y cereales —seguí respondiendo con amabilidad a sus preguntas—. Cuando maduran estos frutos ya están listos para consumirse. No cocinamos como vosotros. Comemos una vez al día, poco después del mediodía. Sabes además que no se sacrifican animales en Edén.

No quise ahondar más en el tema. Según lo que sucedía en otros planetas, la primera generación de nuestros hijos no se alimentaba de la carne de los animales; se mantenían totalmente a base de los frutos de los árboles. Pero tras la primera generación solían comenzar a consumir productos lácteos, aunque continuaran con una dieta exenta de carnes.

—Entonces, ¿no hace falta cocer ninguna de ellas como hacemos con nuestras verduras? —insistió.

Van, siguiendo la costumbre de Dalamatia, les había enseñado a cocinar los alimentos en vasijas de barro. Aunque nosotros no lo hacíamos, la cocción se empleaba generalmente en Edén y en sus inmediaciones.

—No, Rasla.

—Quizás sea por eso por lo que vuestros cuerpos despiden esa luz resplandeciente.

Me quedé callada, lo que para ella supondría una señal de afirmación. No hubiese entendido que nuestros cuerpos también absorbían luz y energía directamente de ciertas emanaciones espaciales asistidas por el fruto del árbol de la vida y de ahí nuestra luminosidad. La luz era más evidente por la noche y, desde la caída de la tarde, teníamos que usar túnicas, aunque esta sí era perceptible en nuestras cabezas. En un principio, a los habitantes del Jardín les asombraba e incluso les atemorizaba vernos de noche, pero pronto consideraron que era una muestra de que éramos dioses, como algunos seguían creyendo equivocadamente. Nuestros vástagos en Urantia no heredaban de nosotros el don de la ingesta de energías ni el de la circulación de luz y, por lo tanto, no irradiaban luminosidad. Contaban con una sola circulación: el tipo humano de nutrición sanguínea. Eran intencionadamente mortales, aunque alcanzaban una edad muy avanzada; si bien, su longevidad, con cada generación que trascurría, se inclinaba hacia los patrones humanos

Quise cambiar de tema. La edenita era muy perspicaz y, a veces, inquisitiva, y no me importaba, pero había cosas que no podía explicarle porque no iba a comprenderlas.

—Yo misma llevaré a mis hijos a la escuela, Rasla, cuando llegue el caso. Me encargo de organizar y coordinar todo el sistema de aprendizaje de Edén. Tú te quedarás con los más pequeños hasta que puedan asistir a clase.

—¿A qué edad comienzan la escuela?

—A los dos años. Van a las escuelas del oeste de Edén, a las vuestras, durante cuatro años, pero después reciben su propia instrucción en las del este hasta los dieciséis años. Tienen que prepararse especialmente para su cometido en nuestro planeta.

—Madre Eva, perdona que te hagas tantas preguntas —me dijo algo sonrojada— ¿Das tú las clases?

—De momento sí. Adán imparte igualmente algunas hasta que nuestros hijos estén listos para asumir la enseñanza de todas las escuelas de Edén. También estamos formando a profesores de las razas humanas.

Adán y yo habíamos organizado la metodología siguiendo la de nuestros hijos en Jerusem. Los pequeños cambiarían de actividad cada treinta minutos; los mayores, cada hora. Con los pequeños, las actividades eran eminentemente lúdicas. Sería algo realmente novedoso en Urantia poder aprender a través de juegos alegres y estimulantes. También les daríamos clases de música. Había que enseñar a las razas humanas a apreciar este bello arte y a tener un buen sentido del humor ya desde muy jóvenes. En general, los seres primitivos no estaban acostumbrados a reír.

—Rasla, espero que puedas estar presente en la boda de algunos de nuestros hijos —continué con una sonrisa, antes de que siguiera preguntando—. La edad media para prometerse en matrimonio es de dieciocho años, pero entonces nuestros jóvenes iniciarán un curso de dos años de instrucción con miras a asumir sus responsabilidades conyugales. A los veinte años pueden contraer matrimonio y, tras este, comienza su vida laboral o se preparan especialmente para ella.

—Pero, madre Eva, entiendo que contraéis matrimonio entre vosotros —expresó asombrada—. A nosotros se nos prohíbe hacerlo para evitar enfermedades.

—Es cierto —le dije, empezando a notar que a veces me llamaba así cuando había algo con lo que no estaba muy conforme—. La endogamia no es conveniente en las razas humanas. Las personas que nacen

167

de estas relaciones son propensas a padecer trastornos biológicos que pueden generar diversos padecimientos, pero esto no sucede en la raza violeta. Llegará, no obstante el día en que nuestra progenie se mezcle con las razas del mundo para infundirle su sangre. Y te voy a decir algo más, Rasla, durante las primeras generaciones seremos nosotros mismos quienes oficiemos las ceremonias matrimoniales. Después serán los mismos padres y abuelos los que las lleven a cabo.

Rasla asintió y guardó silencio. No supe si lo había comprendido todo. La calma había vuelto a su rostro tras aquel inopinado empuje de curiosidad. Durante décadas, fue siempre nuestra fiel niñera y abnegada amiga y compañera. Y supo transmitir su ternura a nuestra progenie. Callaba en nuestros momentos de angustia, pero su mirada nos decía que nos entendía muy bien. La echamos mucho de menos. Nos acordamos a menudo de su risa ante las travesuras de mis hijos, que, veinte años después sumaban ya sesenta y tres vástagos, treinta y dos hijas y treinta y un hijos. Hubiese disfrutado mucho de ellos, pero me alegro de que no ya no estuviese con nosotros cuando el caos se adueñó del Jardín.

XV LAS MAQUINACIONES DE CALIGASTIA

Conociendo nuestro aislamiento de la capital del sistema y nuestra impotencia y frustración por lo que prematuramente creíamos que era el fallo de nuestra misión, Caligastia nos visitaba frecuentemente en nuestra residencia del Jardín. Nos ofrecía arriesgadas sugerencias y alternativas de atajos, todas encaminadas a romper nuestro pacto sagrado, pero tanto Adán como yo nos mostramos siempre inflexibles. Había ante nosotros suficientes muestras de su rebelión como para no estar inmunizados contra sus provocadoras propuestas. Si bien, el príncipe era un ser taimado, listo, y, algunas veces, lamento decirlo ahora, Adán y yo coincidimos en que muchas de sus sugerencias eran ciertamente tentadoras por esa misma imposibilidad de mejorar las razas y la civilización de un mundo en la oscuridad deplorable, que él mismo había ocasionado. Nunca se lo hicimos saber. Pero no solo nosotros, tampoco nuestra progenie, por aquel entonces de casi dos mil descendientes entre hijos, nietos y biznietos, se vio atraída por las proposiciones de su ayudante, Daligastia. Desde pequeños los habíamos aleccionado. Y, por supuesto, ni uno ni otro tenían poder para influir en ninguna persona en contra de su voluntad y, mucho menos, para persuadir a nuestros hijos a que hicieran el mal o a contravenir el pacto. De las cuatro generaciones de raza violeta, solo las dos primeras podían ver a este maligno ser y a los suyos. Para las demás eran invisibles.

Hasta cierto punto, nos veíamos obligados a recibirle porque Caligastia era todavía el príncipe planetario a titulo nominal de Urantia y, aunque descarriado y depuesto, era un elevado hijo del universo local de Nebadón, de un orden superior al nuestro: un lanonandec. Estaba despojado de muchos de sus poderes, pero sabíamos que hasta la llegada de un nuevo príncipe del mundo, aún disponía de cierta autoridad y de suficiente libertad de acción, y más ahora que los melquisedecs y Van habían vuelto a Jerusem. Éramos fríos y distantes con él, pero jamás le faltamos el respeto.

El día que dejó de acudir a Edén nos preocupamos aún más, porque éramos conscientes de que estaba planeando algo y de que aprovecharía nuestro estado de consternación. Ahora sé que Caligastia había renunciado a convencer a Adán, pero astutamente decidió atacarme a mí, aunque de forma indirecta. ¡Ojalá lo hubiese sabido en aquel momento! El maligno llegó a la conclusión, como ya había hecho antes con los voluntarios encargados de construir el Jardín, de que la única posibilidad que tenía de triunfar en sus fines era utilizar a las personas más influenciables para él, a los noditas. Y, por consiguiente, urdió planes para tenderme a mí una trampa, a mí, a la madre de la raza violeta.

Yo nunca había tenido la menor intención de hacer nada que contraviniese los planes de mi consorte, ni que pusiese en peligro las responsabilidades planetarias que ambos habíamos contraído. Conociendo mi propensión, quizás como la de muchas mujeres, a buscar resultados inmediatos en lugar de planear con previsión y conseguirlos en un plazo más largo, los melquisedecs, antes de partir, me habían prevenido encarecidamente sobre los peculiares peligros que acuciaban nuestra situación de aislamiento en el planeta y de las posibles maquinaciones de Caligastia; me habían avisado muy encarecidamente que nunca me apartase de mi compañero, que jamás alimentase la idea de idear mis propios métodos personales ni secretos de llevar a cabo nuestros cometidos. Yo había llevado a cabo escrupulosamente estas instrucciones durante más de cien años, y no se me ocurrió que las conversaciones, cada vez más privadas y confidenciales, que mantenía con un líder nodita llamado Serapatatia pudiesen entrañar peligro alguno.

Todo el asunto se desarrolló de forma tan paulatina y natural que me tomó desprevenida.

XVI SERAPATATIA

Los habitantes del Jardín habíamos estado en contacto con los noditas, repartidos por toda Mesopotamia y territorios vecinos, desde los primeros días de Edén. De estos descendientes de los miembros rebeldes de la comitiva de Caligastia, habíamos recibido una valiosa ayuda y cooperación. Y fue justo al acabar de cumplir nuestros primeros cien años en la tierra cuando Serapatatia, a la muerte de su padre, asumió el liderazgo de la confederación occidental nodita. Mi marido le había mandado una misiva expresándole nuestras condolencias, a la vez que le dábamos nuestra enhorabuena por su nuevo cargo. Tras la caída de Dalamatia, hubo un grupo de noditas, el más numeroso, que había viajado hacia el norte, donde se mezclaron con los andonitas y, siguiendo el curso del Éufrates, habían fundado importantes asentamientos por todo el noroeste. La sede central estaba muy cerca de Edén. Los restantes grupos se habían dispersado por el este y por el centro de Mesopotamia.

Por la cercanía y por el afán de continuar las relaciones comerciales con las tribus de más allá de Jardín, Adán, en la misma misiva, había invitado a Serapatatia a Edén. Sabía del joven por mensajes de su padre antes de fallecer. Estaba muy orgulloso de su primogénito.

Y en poco más de un mes, el nodita nos anunció su llegada. Adán y yo hicimos todos los preparativos para su recepción como jefe de estado en el salón de reuniones de nuestra residencia. Venía con un séquito de once personas, todos líderes de las tribus cercanas a Edén. Con nosotros estaba nuestro primogénito, Adánez, nuestra primera hija, Lasatta, nuestro segundo hijo, Evánez, y tres de los líderes más importantes de los edenitas. Tras la reunión pasaríamos al comedor. Con la ayuda de Lasatta, yo había preparado una mesa con los mejores frutos de nuestras huertas, mazorcas, pan de trigo, bebida fermentada hecha de mijo silvestre y postres hechos de huevos, leche y miel. Éramos vegetarianos. Jamás se había sacrificado una vida animal en el Jardín.

Sobre la seis de la tarde, Serapatatia llegó con su comitiva a los jardines delanteros de nuestra vivienda. Cuando no estaba en la escuela impartiendo clases a mi propia progenie, yo misma me encargaba de cuidarlos con ayuda de una joven edenita que había sustituido a nuestra querida Rasla. Adán y yo habíamos tenido experiencia como educadores en Jerusem, pero era mía la obligación de formarles en la escuela para la misión que se nos había encomendado. Ellos serían los encargados de mezclarse con los hombres y mujeres de la tierra. Todos salimos a recibirles a la entrada de la vivienda. Ya, antes, algunos edenitas se habían llevado sus caballos a los establos.

—¡Os damos la bienvenida a Edén! —dijo Adán—. ¡Entrad, por favor!

Todos les saludamos con cortesía y amabilidad.

Los visitantes se quedaron admirados al ver nuestra residencia, quizás más que por la construcción en sí, por el magnífico entorno ajardinado. La vivienda era sencilla, de dos plantas, aunque bastante espaciosa. Estaba construida de ladrillos blancos, que, si se observaban detenidamente, dejaban brillar la luz radiante del Mediterráneo, y más a aquella hora cercano ya el atardecer. Yo había adornado el salón con flores de la estación en la que estábamos, a mediados de otoño. Hacía una temperatura agradable. No sobrepasaba los veintitrés grados. Mi marido les hizo pasar a la sala de reuniones y, una vez sentados, nos presentó uno a uno. Adán se dirigía a ellos en un dialecto andónico que todos podían entender. Entre nosotros hablábamos jerusemita y en las escuelas enseñábamos este complejo idioma a nuestros descendientes, pero sabíamos que poco a poco se iría perdiendo.

Al presentarnos se quedaron mirándonos con gran atención. Tanto Adán como yo éramos muy altos comparados con ellos, y nuestros cuerpos despedían una luz resplandeciente que casi llegaba a filtrarse a través de nuestras túnicas. Nuestra tez y ojos eran claros que contrataban con la apariencia de los noditas, generalmente de tez morena y ojos castaños, y de bastante menor altura. Nuestros hijos eran también extremadamente altos, aunque su piel no irradiaba la luz con la misma intensidad que nosotros. Entre los noditas se daban, esporádicamente, personas de la misma altura, en especial aquellos que se habían mezclado con estirpes gigantes del hombre verde, ya desaparecido.

—Os agradezco vuestra invitación y os quiero presentar a algunos de los líderes de las tribus que conforman nuestra confederación —dijo Serapatatia señalando a cada uno de ellos—.

Todos asentimos con la cabeza en señal de saludo a cada uno de ellos.

Según me había informado Adán, Serapatatia era un brillante descendiente de Lut, el antiguo jefe de la junta de la salud de Dalamatia, que se había sumado a la rebelión de Caligastia. No conocía su caso particular, pero algunos noditas eran extremadamente conscientes de su oscuro pasado y a veces se sentían atormentados. El nodita se había casado con una de las mentes femeninas más privilegiadas de la raza azul de aquellos remotos tiempos. A través de las eras, sus ancestros habían mantenido su autoridad y ejercido una gran influencia sobre las tribus noditas del oeste.

—Os hemos citado aquí —explicó Adán sin más preámbulo— porque deseamos seguir adelante con nuestros intercambios comerciales y nuestras relaciones culturales. Tenemos muchas cosas que compartir.

—Por supuesto que sí —intervino Serapatatia—. Vuestra manufactura y cerámica es muy apreciada en nuestras tribus y vuestros conocimientos exceden con mucho los de cualquier otra raza.

—Gracias —respondió mi marido—.

—Además, había oído hablar de Edén y de vosotros a través de mi padre, que os consideraba igual a dioses por vuestra llegada de fuera y por vuestra excepcional longevidad y sabiduría. Él supo inculcarme bien la legitimidad de vuestra causa y quería que fuésemos el primer pueblo en mezclarse con vosotros.

—No somos dioses, ni mucho menos —respondí yo mirándole fijamente sin mostrar ningún enfado—, aunque nuestra misión sea sagrada y trascendental para este mundo. Lo peor es que sentimos que se nos escapa de las manos. Nuestro planeta, como sabéis por vuestros ancestros, está aislado y marcado por la rebelión de Lucifer y Caligastia. Nuestro cometido es difícil y de gran complejidad.

—Creo —continuó Adán, explicando las cosas con total sinceridad—, que hemos intentado resolver los múltiples problemas a los que nos enfrentamos con valentía, pero nos sentimos sobrepasados. En condiciones normales, nuestra primera tarea hubiese sido la coordinación y la mezcla de las razas, ya que jamás se han depurado de sus estirpes retrasadas y deficientes. Desde un principio, los andonitas se mezclaron con sus primos simios y se han perpetuado muchas estirpes degradadas biológicamente. La endogamia también ha acentuado este proceso.

—Sin duda parece una colosal tarea. Nosotros hemos intentado evitar mezclarnos con otras razas, aunque no lo hemos conseguido del todo —afirmó Serapatatia.

—Sí, y algo complejo para nosotros, su progenie, —indicó Adánez—. Nuestro objetivo es formar la base genética de los linajes más aptos y hacer evolucionar el mundo. Pero, ¿cómo podremos seleccionar estos linajes?

—Y no es solo la cuestión de las razas —intervine yo sin querer indagar más en aquel tema tan sensible—. Cada día tenemos que afrontar alguna nueva complejidad, algún problema sin aparente solución. Nuestro mundo no está de manera alguno preparado para la proclamación de la hermandad del hombre. Fuera del Jardín, el mundo está inmerso en una deplorable oscuridad espiritual; impera una terrible confusión agravada por el fracaso de la misión del gobierno anterior. La mente y los valores morales se hallan en niveles ínfimos y, en lugar de emprender la labor de llevar a efecto la unidad religiosa, deshecha por la rebelión, debemos recomenzar la tarea de instruir a los habitantes en las más simples formas de creencias religiosas.

—Conozco el estado religioso de la mayoría de los pueblos de los alrededores —explicó Adán con bastante claridad—. Se mueven en la superstición; son adoradores de tótems de animales, de la fertilidad de la tierra, de la naturaleza —tierra, sol, agua, ríos, montañas, mares e incluso fuego—. Lejos quedan las enseñanzas de la religión revelada de las escuelas de Dalamatia.

—Y en lugar de encontrarnos con un idioma ya listo para implantarse —proseguí yo— hemos tenido que hacer frente a la confusa proliferación de cientos de dialectos locales. Nunca antes ninguno de nuestros compañeros había servido en un mundo más difícil que este. Son obstáculos insuperables y problemas que se escapan a la solución de criatura alguna.

—El príncipe y sus ayudantes, a los que vosotros nos podéis ver, hacen todo lo posible para que no podamos tender redes comerciales ni culturales en lugares alejados de Edén —añadió Evánez.

Me di cuenta de que la reunión, que pretendía simplemente ser un afianzamiento de vínculos ya establecidos con estos pueblos noditas, había derivado en el relato de nuestra propia desesperación y frustración. Y no esperaba la reacción tan diligente de Serapatatia:

—Estoy profundamente impresionado por la grandeza de vuestra causa y os pienso apoyar. Y creo que me daréis vuestro consentimiento —manifestó dirigiéndose a los demás líderes.

Todos dieron su aprobación levantando las manos.

Para nosotros era decisivo que la confederación más importante de esta poderosa raza nos secundara. Eran más de cincuenta poblados, prácticamente ciudades, dispersas por grandes áreas de Asia que sumaban casi doscientas mil personas. Con ellos también atraeríamos a las demás tribus de noditas, incluso a las más reacias como las del norte. Ellos nos ayudarían a entablar nuevos centros comerciales y a afianzar los que teníamos.

—Gracias por vuestro respaldo a nuestros objetivos —expresé con efusividad.

—Le comunicaremos lo hablado a nuestras tribus y estamos seguros de que habrá un gran número de personas que en un futuro querrá unir su sangre a la vuestra.

Todos sentimos un gran alivio, incluidos los adanitas presentes; muchos de ellos vivían del comercio de la artesanía y la tejeduría.

Tras la reunión, participamos de aquel banquete vegetariano. Estaba segura de que algunos echarían de menos la carne, aunque el mijo fermentado se la haría olvidar en cierta medida. Se subía pronto a la cabeza. Y así, charlando de nuestros proyectos, el tiempo corrió sin darnos cuenta. Les ofrecimos alojamiento para pasar la noche y aceptaron. Por la mañana, casi de madrugada, partieron hacia sus poblados. Adán y mis dos hijos mayores salieron a despedirlos.

—¿No es alentador que las tribus vecinas más poderosas e inteligentes se hayan inclinado a apoyar nuestro plan de mejora para el mundo? —me comentó Adán al encontrarme despierta, ya preparándome para las clases.

Con el tiempo, Serapatatia se convirtió en uno de los más capaces y eficientes lugartenientes de Adán. Era totalmente honesto en todas sus actividades. Nunca llegó a ser consciente, ni incluso más tarde, de que el astuto Caligastia lo estaba usando, incidentalmente, como un instrumento para sus fines. Pronto, Adán lo nombró presidente adjunto de la comisión edénica sobre las relaciones tribales, y se establecieron numerosos planes para impulsar más decididamente la labor de ganarse a las tribus remotas para la causa del Jardín.

El nodita mantuvo muchas reuniones con mi marido para organizar el trabajo. Tras más de un año, se consiguieron entablar relaciones con otros poblados, y cada vez había más personas deseosas de emparejarse con la raza violeta. Aquello significaría una elevación de sus propias razas en todos los sentidos: físico, mayor resistencia a las enfermedades, mental y percepción espiritual. Sería una procreación selectiva. Pero todo iba muy lento. Nuestros descendientes aún no eran los suficientes como para poder mezclarse.

A veces, cuando Adán estaba ausente en alguna de sus actividades, el nodita conversaba largamente conmigo sobre posibles planes para mejorar los procedimientos a seguir en cuanto a la mejora de las razas. Aquel día me dijo algo que me dejó asombrada porque lo consideraba un terrible pecado de desobediencia a los altísimos.

—Eva, quizás sería de gran utilidad, mientras se aguarda a que vuestra raza violeta llegue al número fijado de descendientes, poder hacer algo de forma inmediata que favorezca el avance de las expectantes y necesitadas tribus que están en nuestra causa.

Me sobrecogí al oír aquella sugerencia. Sabía lo que me estaba pidiendo de forma indirecta y la gravedad de lo que aquello significaba.

—Es imposible, Serapatatia —le dije estremecida—. Adán y yo hicimos una promesa ante los altísimos que no podemos transgredir.

—Eva, en cien años no se ha logrado elevar el nivel del mundo. Es desalentador —expresó de una manera en la que vi que nuestra causa era también la suya.

—Pero no puede ser —le aclaré una vez más, aunque sin la firmeza que yo esperaba de mi misma.

Entonces se dirigió a mí de una manera que solo los edenitas hacían y que me desequilibró por su cercanía:

—Madre Eva, si los noditas, que somos la raza más avanzada de la tierra, pudiéramos contar con un líder nacido de nosotros y de la estirpe violeta, surgiría un poderoso vínculo que nos uniría más estrechamente al Jardín.

Lo decía con total sinceridad y me tocó el corazón.

—Sí, sería muy beneficioso para el mundo. Se criaría y educaría en Jardín y ejercería una poderosa influencia sobre el pueblo de su padre —respondí con convencimiento.

Era consciente de lo que decía y de lo que conllevaban estas palabras, pero mi mente estaba como aletargada en aquel momento. Las palabras del nodita eran muy convincentes. Nunca llegamos a sospechar que estaba haciéndole el juego a Caligastia y Daligastia. Serapatatia era enteramente leal al proyecto de formar una gran reserva de la raza violeta antes de intentar la mejora a escala mundial de los confundidos pueblos de Urantia; si bien, de repente, empezó a impacientarse. Se necesitarían centenares de años para culminarse tal proyecto y él quería ver resultados inmediatos durante su propia vida.

Durante más de cinco años, Serapatatia, en conversaciones clandestinas, intentó convencerme de que un descendiente de las dos razas, la suya, la nodita, y la nuestra, la violeta, nos uniría más y crearía un pueblo más fuerte e inteligente. Realmente, la nodita era la raza más apta que había sobre el planeta. "No podéis esperar quinientos años más a que vuestra progenie llegue al medio millón de personas para procrear con las razas de la tierra —me había dicho—. El maligno —como él llamaba a Caligastia—siempre os lo va a impedir." Yo me dejé llevar… la impaciencia era, de hecho, un rasgo de mi carácter.

XVII MI ENCUENTRO CON CANO

Entonces Jehová Dios dijo a la mujer: —¿Qué
es lo que has hecho? Ella respondió: —La
serpiente me engañó, y comí. (Génesis)

Y vio la mujer que el árbol era bueno para comer, y que
era agradable a los ojos, y árbol codiciable para alcanzar
la sabiduría; y tomó de su fruto, y comió... (Génesis)

*L*e abrí la puerta. Allí estaba. Era tan alto como
yo. Sin duda, sus ancestros se habían mezclado con
estirpes gigantes de la raza verde. Traía en la mano un
pequeño paquete envuelto en una tela de gasa de color
rosado. Era para mí. No me lo quiso dar en ese
momento, ni tampoco yo hice ningún intento por
demostrarle mi interés, aunque fuese una descortesía.
Sabía lo que podía significar su aceptación y yo,
aunque decidida, albergaba cierta duda interior sobre
aquel paso tan trascendental. Ya Serapatatia me había
avisado de que llegaría esa tarde de otoño, que se
presentaba tormentosa y con fuertes vientos. Aunque
nerviosa, antes de llegar a la casa aledaña a mi
residencia en la que estábamos citados, pude reparar en
los enormes nubarrones que se acercaban por el
horizonte a través del Mediterráneo, propios de mes de
otoño. Pronto estaría allí la lluvia que se estrellaría

furiosa sobre las montañas y luego recorrería veloz la ciudad jardín.

—Soy Cano —dijo con timidez—. Serapatatia me dijo que viniera.

—Sí lo sé. Te esperaba. Adelante—le invité con una leve sonrisa.

Nos quedamos momentáneamente en silencio. Dejó el envoltorio sobre la mesa, cerca de dos copas de cerámica labradas y un recipiente de vidrio. Yo había preparado el salón con alhelíes, caléndulas, y pensamientos de mi propio jardín y dos grandes y artísticos candelabros de bronce de quince brazos. Los orfebres del Jardín eran muy hábiles. Había tenido que encender todas las velas. La noche se aproximaba con rapidez. Al fondo estaba la alcoba. La miré con inquietud y con un sentido de culpabilidad que me traspasaba las entrañas. Hacía todo a espaldas de Adán.

—Serapatatia me ha puesto al corriente y estoy de su lado —comentó con firmeza sin levantar la voz—. Creo plenamente en la legitimidad de vuestro proyecto, pero sé lo que eso significa personalmente para ti.

Efectivamente, a instancias de Serapatatia había consentido en tener un encuentro privado con Cano. Aunque había oído hablar con él, no le conocía personalmente. Sin duda aquel hombre era hermoso.

—Sí. Significa romper el sagrado pacto que mi marido y yo contrajimos antes de salir de Jerusem —le manifesté con aprehensión—. Traerá, como se nos ha advertido repetidas veces, graves consecuencias no solo para mí sino para toda la humanidad.

—Te aseguro Eva que los hombres y las mujeres con buenos motivos y legítimas intenciones no pueden cometer ningún mal —me respondió convencido—.Tú no morirás, sino que vivirás en la persona de ese descendiente tuyo que crecerá para bendecir y estabilizar el mundo.

—Cano, desconoces la importancia o el significado de este apercibimiento que se nos hizo antes de llegar...

—No hace falta que me des más explicaciones. Tu objetivo es loable, pero si no estás segura, lo comprendería.

Sabía por Serapatatia que Cano era una mente brillante, un magnífico ejemplar de ser humano, dotado del físico superior y del extraordinario intelecto de sus remotos progenitores de la comitiva del príncipe rebelde. Era el jefe espiritual de la confederación de los noditas sirios y muy estimado por los del norte, de donde era su mujer. Procedía de Alot, un pequeño asentamiento cercano de menos de quinientos habitantes, pero muy bien comunicado tanto con Edén como con los otros poblados de su misma raza. Y lo más importante: estaba a favor de contactos fraternales con el Jardín. Tenía al régimen adánico en buena consideración. Un descendiente suyo uniría más a las dos razas y prepararía el camino para que mis vástagos del Jardín cumplieran su propio cometido cuando llegara su tiempo.

En verdad, encontraba a Cano agradable a mis ojos y su seductor modo de decir las cosas me abrió un nuevo y creciente conocimiento de las cuestiones humanas y un más vivo entendimiento de la naturaleza mortal, que complementaba mi comprensión de la naturaleza adánica.

—No. Ya está todo hablado —le dije inquieta.

Me fijé de nuevo en él. Su porte era tranquilo y sus gestos lentos. Irradiaba paz, la que yo necesitaba en aquellos momentos. Me miró un instante pero esquivó su mirada. Había algo en él, quizás su candidez a pesar de su estatura y sus rasgos tan viriles, que me atraía. También noté que se sentía atraído por mí, aunque acabáramos de conocernos. Lo que para mí era, además de una traición a un sagrado pacto, una infidelidad a mi marido, para él sería algo habitual. La poligamia se solía practicar fuera del Jardín. Nosotros éramos monógamos y, además, todo hombre o mujer que en un futuro se uniese con nuestros hijos e hijas tendría que prometer no tomar ninguna otra pareja e instruir a sus propios hijos e hijas en el emparejamiento único. Los hijos de cada una de estas uniones se educarían y formarían en nuestras escuelas y, posteriormente, se les permitiría marchar a la raza de sus progenitores evolutivos, para desposarse allí con miembros de los grupos elegidos de mortales mejor dotados. Yo misma había impartido esas enseñanzas y estaba a punto de violarlas.

—Eres muy bella. El color malva de tus ojos es fascinante. Jamás había conocido a nadie como tú.

Me había puesto un vestido largo, azul profundo, de algodón, de una sola pieza, que me llegaba hasta los tobillos. Nada especial. Lo llevaba a menudo en mis recepciones formales. Mi pelo estaba perfumado, como siempre. Me lo había recogido en espiral alrededor de la cabeza, con una cinta también azul que caía suavemente sobre mi espalda.

Le serví una copa de una bebida hecha con raíces de cereales y frutos silvestres. Sabía que nos iba a desinhibir. El paquete seguía allí, sobre la mesa, invitante. Pensé que al decirle que me lo entregase, él comprendería. Y así lo hice.

—¿Qué traes en ese paquete? —le pregunté.

—Ábrelo —casi me susurró mientras me lo entregaba en las manos.

191

Lo abrí lentamente. Era un brazalete.

—¡Es precioso! —le comenté agradecida.

—Los artesanos del este de Mesopotamia lo hicieron. Es de oro y plata. Las perlas son de ágata y calcedonia —explicó como queriendo alargar el momento de acercarse a mí—. Déjame que te lo ponga.

Cano levantó la amplia manga de mi brazo derecho y me lo colocó mientras me acariciaba el brazo.

Me dejé influir por la adulación, el entusiasmo y la gran persuasión de aquel bello nodita y accedí en ese momento a embarcarme en aquella aventura, tantas veces sopesada, de aportar al sagrado plan divino mi propio y pequeño proyecto de salvación del mundo. Y, antes de darme cuenta de lo que estaba sucediendo, había dado el fatídico paso. Todo estaba hecho.

Me acerqué a la ventana. En aquellas horas crepusculares, el fuerte flujo de agua que venía de las altiplanicies barría caminos, jardines y huertos. No era solamente mi culpa. Ni la suya. Caligastia había sabido engañarnos. Aún no sé como lo hizo.

Me di cuenta en aquel instante de que había cometido la traición más vil ya no solo a Adán sino a toda la humanidad.

Me invadió un asfixiante sentimiento de culpabilidad y salí corriendo de aquella vivienda minutos después de Cano. La lluvia, normalmente escasa en el Jardín, me mojó con su furia pero no me importó. Sorteé como pude los charcos. Llegué a la casa completamente empapada. El agua se calaba por mi vestido como este si fuese de papel. El pelo se me había soltado y se me cruzaba por la cara con el viento. La cinta azul que me lo sujetaba había volado a algún lugar… En la distancia, entre algunos de los relámpagos, me pareció ver al príncipe y Daligastia. Estarían regodeándose en su triunfo.

XVIII RECONOCIMIENTO DE LA TRANSGRESIÓN

Oyeron después los pasos del Señor Dios que se paseaba
por el huerto al fresco de la tarde, y el hombre y su mujer se
escondieron de su vista entre los arboles del huerto. Pero el Señor
Dios llamo al hombre diciendo: ¿Dónde estás? (Génesis)

... y dio también a su marido, el cual comió así
como ella. (Génesis)

Tras lo sucedido con Eva y Cano, toda la vida celestial del planeta estaba en estado de gran agitación. Sabíamos perfectamente la gravedad de aquella insensata transgresión del pacto divino. Al llegar Adán, ya de noche, a las caballerizas de su residencia, la enorme e inusual tempestad del día anterior se había alejado por el oeste y la luna comenzaba a abrirse paso tímidamente a través de las últimas nubes. El gobernante del mundo se dio cuenta de que algo no marchaba bien, pero no prestó demasiada atención en aquel momento. Venía contento del resultado de las conversaciones mantenidas con las tribus noditas no pertenecientes a la confederación mesopotámica. Serapatatia, líder de esta confederación y hombre de gran influencia y prestigio, había acompañado a Adán y a algunos jefes edenitas, sus más estrecho colaboradores, a estas reuniones para darle su apoyo. El encuentro se había efectuado cruzando el istmo de la península edénica, a unos veinte kilómetros de la muralla de protección, por lo que había tenido que ausentarse tres días.

Adán tenía que desplazarse normalmente a los distintos asentamientos externos a Edén y negociar posibles acuerdos comerciales y culturales. Era un hombre práctico, seguro de sí mismo, de inteligente y afable conversación y de porte impresionante, que inspiraba una gran confianza, pero sus esfuerzos siempre se habían topado con el fracaso. Eva, como cogobernante, algunas veces le acompañaba, en especial cuando no había excesivo riesgo de ataque de tribus salvajes. Ya había delegado muchas de sus funciones como directora de las escuelas en sus hijos e hijas. En esta ocasión, no lo había hecho aduciendo una reunión importante con los jefes de equipo de las fábricas de algodón. Quería sugerirles nuevas formas de producción. Adán había comprendido su excusa, aunque, como siempre, no se encontraba demasiado bien cuando estaba alejado de ella. Llevaban milenios conviviendo y trabajando juntos. Los hijos materiales se unían para toda la eternidad y, aunque ante los ojos humanos, aquello podía parecer normal, el apego emocional de Adán, que rayaba en la dependencia, no dejaba de resultarnos extraño a las multitudes angélicas. Estos hijos debían tener la idea clara de su cometido en los mundos habitados que regían y actuar en consecuencia. Su intenso afecto por su esposa podía significar un lastre. Por su lado, Eva quería a su marido sobre todas las cosas, pero era capaz de anteponer sus propios objetivos por encima de ese sentimiento. Y su excesiva autoafirmación personal unida a su impaciencia la hacían muy vulnerable a otros tipos de influencias. A veces nos preguntábamos si había ocurrido algo imprevisto a nuestros regentes al ser materializados en Urantia. Mostraban rasgos humanos que no poseían en Jerusem.

Adán había conseguido un buen triunfo porque, a pesar de la oposición de Caligastia, que usaba todo tipo de maquinaciones para que no se extendiese la cultura adánica más allá del Jardín, estaba abriendo nuevas rutas comerciales. A través de los poderosos noditas, pronto entablaría contacto con los andonitas y con las tribus sangiks, y crearía los anhelados centros de comercio y cultura por toda Asia. Hasta ahora, no había podido consolidad ninguna sede nueva. Solo contaba con las sesenta y una ya creadas por Van y Amadón. Su intención era extenderse al norte, hacia Europa, y al sudeste, hacia África. Quería además preparar el terreno para la mezcla que su progenie con los seres mejor dotados de las razas. Según el pacto, ni él ni Eva podían procrear con los habitantes del planeta.

Adán iba sumido en sus pensamientos, por fin esperanzadores, cuando, de repente se percató por fin de la conmoción de nosotros, los serafines —él nos podía ver y sentir— y se dio cuenta de que algo iba mal. No quiso preguntarnos. Su primer impulso fue buscar a Eva. Al dirigirse desde las caballerizas a su residencia vio su lazo azul en el suelo. Estaba allí casi cubierto por el barro. Aquello le extrañó. Luego entró en la casa y la vio en el salón al lado del gran ventanal, por el que entraba la luz de la gran luna que dominaba ya el horizonte. Casi no hacían falta los candelabros encendidos. La encontró más bella que nunca.

—¿Ya has llegado...? —le preguntó esquivando su mirada—. Te esperaba.

—Sí. Y todo ha ido bien, mejor de lo que pensaba. Creo que empezamos a vencer la oposición de Caligastia. ¿Y por aquí? ¿Ha sucedido algo en mi ausencia?—inquirió Adán sin más preámbulos—. Los serafines parecían inquietos.

— Debemos hablar —la voz de Eva sonó entrecortada, dolorida, mirando el lazo azul que su marido llevaba en su mano derecha.

—Vamos a los jardines. Allí estaremos los dos solos —le dijo Adán.

Salieron de la casa sin mirar atrás. Dos de sus hijos les vieron salir y alejarse hacia a una de las glorietas de jardín delantero. Caminaban separados, como si fuesen dos extraños. Adán tenía algún mal presagio.

Y, al poco de sentarse, tras unos segundos de silencio, el soberano del mundo escuchó perplejo toda la historia de la confabulación que, durante bastante tiempo, había estado gestándose a sus espaldas con el apoyo y la complicidad de Serapatatia.

—Tratamos de acelerar la mejora del mundo sin por ello dejar atrás el designio divino —confesó Eva.

—¿Pero cómo lo pensabas hacer? ¿O ya lo has hecho?

—Ya ha sucedido —admitió—. Serapatatia pensó que lo mejor sería procrear con algún buen ejemplar de la raza nodita para adelantar el proceso y con ello unir además a las dos razas más fuertes del planeta… Y así lo hice.

—¿Quién ha sido? —dijo Adán exaltado—. Bueno, eso ya no es importante. ¿Y este lazo?

—Me la desprendió el viento anoche, ya de madrugada, al correr desde la casa del Jardín —contestó Eva avergonzada.

Adán se sintió tremendamente abatido. No supo cómo reaccionar. Se había malogrado el plan divino con las terribles consecuencias que ya conocían, pero además se sentía engañado por su mujer y por Serapatatia...

Y mientras que el hijo y la hija materiales conversaban en el Jardín, bajo la luz de la luna, sonó mi voz. Solo ellos y los otros serafines que nos rodeaban expectantes pudieron oírla:

—¿Qué es lo que has hecho, Eva? Has transgredido el pacto. Has desobedecido las instrucciones de los melquisedecs. Has incumplido tu juramento de lealtad hacia el soberano del universo.

—Lo sé, Solonia, y lo siento —reconoció inconsolable.

Se estrechó a Adán que la cobijó entre sus brazos con frialdad. La amaba y sentía pena por ella, pero se sentía muy herido.

—No ha sido enteramente tu error —le dije tratando de que aquella noble alma no asumiera toda la culpa—, pero el arcángel guardián os lo advertía cada vez que comíais del fruto del árbol de la vida. Os decía que no cedierais al consejo de Caligastia, con el que mantuvisteis frecuentes charlas aquí en Edén. Y os lo expresaba claramente: "El día que entremezcléis bien y mal, ciertamente os convertiréis en mortales del mundo; moriréis inevitablemente."

—Lo sabía —afirmó Eva amargamente —. Y nos lo advirtieron repetidas veces...

—Y has accedido a participar en esa práctica del bien y del mal —le amonesté—. El bien es el cumplimiento de los planes divinos; el pecado es una violación deliberada de la voluntad divina; el mal es la falta de conformación a los planes predispuestos por Dios, lo que resulta en la falta de armonía en el universo y una gran confusión planetaria.

—Concebí y llevé a cabo este proyecto para modificar el plan divino solamente con las más elevadas intenciones por el bienestar del mundo — intentó excusarse.

—Así hiciste el mal, Eva, porque te apartaste del camino correcto.

—Reconozco mi incumplimiento de la voluntad de Dios y soy merecedora de un castigo, que sin duda no es sino consecuencia de mis actos.

—Yo también he tenido la culpa —intervino Adán—, por no haberme dado cuenta antes de todo lo que estaba pasando...

Durante toda la noche, seguí hablando con el padre y la madre de la raza violeta en el Jardín. Era mi deber dadas aquellas dolorosas circunstancias. Escuché el relato completo de todo lo que había llevado a la transgresión de Eva y les aconsejé en cuanto a su situación inmediata. Siguieron algunos de estos consejos; ignoraron otros.

Desesperado, a la mañana siguiente, Adán buscó a Laotta, la brillante y bella nodita que dirigía las escuelas occidentales del Jardín. La conocía de las reuniones que él y Eva habían tenido con el profesorado para organizar la enseñanza de los adanitas, y siempre le había demostrado una especial deferencia. Adán, premeditadamente, quiso buscar, como lo había hecho Eva, a alguien de esa raza. No pretendía, como ella, una posible descendencia genéticamente superior al mezclarse con los noditas. Deseaba, sobre todo, con todas sus fuerzas, compartir el destino de su compañera. La amaba con un afecto sobrehumano, y la idea de una posible velada sin ella en Urantia era algo más de lo que podía soportar.

Adán llegó al amanecer a las residencias de los edenitas en las que se alojaba Laotta. La joven aún se encontraba en su casa, ya a punto de salir. Al ver tan temprano en la puerta a su rey, se sorprendió y comprendió que algo muy grave había ocurrido. Se sonrojó al ver cómo la miraba. Siempre había sentido hacia él un gran respeto a la vez que un excepcional afecto y admiración. Su bondad, sabiduría y gentiles maneras distaban mucho de la de los hombres de su grupo racial.

—Te buscaba… —le dijo Adán reticente al no saber cuál sería la respuesta de la nodita.

—¿Por qué yo, señor? —contestó Laotta, comprendiendo sus intenciones, pero sin querer hacer ninguna pregunta más.

Le invitó a entrar y se dirigieron a la alcoba. La congoja de Adán se desvaneció por unos instantes.

Y el gobernante del mundo, con deliberación, cometió la insensatez de Eva. No cayó seducido como ella; sabía exactamente lo que hacía, pero no le importaba convertirse en mortal y arrostrar las terribles consecuencias que la actitud de ambos acarrearía.

XIX NO PUDE IMPEDIR LA MASACRE

Y enemistad pondré entre ti y la mujer, y entre
tu simiente y la simiente suya; esta te herirá en la
cabeza, y tú le herirás en el calcañar. (Génesis)

No sé cómo se enteraron los edenitas de todo, y tan pronto. Apenas habían trascurrido tres días de las desoladoras palabras de Solonia, avisándonos del malogro del plan divino y de sus consecuencias. Quizás había sido por Laotta, a quien le había confesado lo sucedido con Eva. Quizás por las mujeres amadonitas que normalmente ayudaban a mi esposa en los quehaceres diarios y la habían visto aquella ominosa noche con Cano o salir corriendo de la vivienda anexa de los invitados tan terriblemente afectada. O quizás por el mismo Caligastia, que habría podido oír nuestra conversación con el ángel del Jardín sin ser visto; sus incondicionales seres intermedios habrían difundido la noticia de alguna manera para intentar acabar con Edén.

Fuese como fuese, los edenitas, al enterarse de que había sido Cano, dirigente de Alot, el culpable de lo que consideraban un ultraje a su amada y respetada madre Eva, marcharon en masa, a caballo y a pie, contra aquel pequeño asentamiento, a pocos kilómetros de Edén. Mis hijos me habían informado en cuanto lo supieron; podían comunicarse conmigo, instantáneamente, a distancia. No pude creerlo. Eva había querido acompañarme, pero le insistí en que se quedara en nuestra residencia. Su presencia podría exacerbar aún más los agitados nervios.

Me dirigí con mi guardia personal y varios de mis hijos mayores al encuentro de aquella avalancha encolerizada de personas. Iban enfurecidos, dispuestos a vengar la supuesta afrenta cometida. La voz se había corrido y, a medida que avanzaban en dirección a las murallas, más hombres dejaban sus labores y se iban sumando a la impresionante multitud. Portaban todo tipo de herramientas. Muchos llevaban incluso lanzas, espadas y escudos, que habían conseguido a través de los herreros. Eran más de cinco mil, casi el sesenta por ciento de los habitantes de Edén. Gritaban con rabia y clamaban venganza: "¡Matemos a Cano! ¡Matemos a Cano!"

Llegarían a Alot al anochecer.

A pesar de estar totalmente en contra de la guerra, en cierta manera los entendía. Tras la infidelidad de Eva y el fracaso de nuestra misión, yo mismo había sentido una sensación de ira, furia e indignación, poco propio de mi rango celestial. Pero la calma ya había vuelto a mí, al menos de forma transitoria, y solo quería hacer todo lo posible para parar aquella locura. Muchos seres inocentes podrían morir si la tribu se negaba a entregar a su líder. La diferencia numérica entre los alotitas y los edenitas era abrumadora, a favor de estos últimos. Pero, ¿cómo decirles que Cano no había sido más que un instrumento para un desafortunado fin, que Eva era tan culpable como él, que Serapatatia, a pesar de todo, había actuado de buena fe y que Caligastia, invisible para ellos, era el mayor culpable?

Me interpuse en su camino. Yo era su rey, su gobernante.

—¡Deteneos! —les dije con firmeza alzando la voz todo lo que pude—. ¡Deponed las armas y volved a vuestro trabajo! Nosotros iremos a buscar a Cano y tendrá un juicio justo en nuestros tribunales.

—¡No! ¡Iremos nosotros! El nodita ha mancillado a nuestra madre Eva, a tu esposa —dijo uno de los líderes del grupo y Cano debe morir. No podemos comprender tu actitud, señor.

—No debéis vengaros. "La venganza es mía, dice Dios" —tuve que añadir para intentar convéncerlos—. Él es fuerte, temible, un fuego devorador y todopoderoso. Él sabrá castigar a los culpables.

Me vi obligado a decir cosas de Dios que no eran del todo ciertas para detenerles, pero no tuvieron ningún efecto sobre ellos. Además, no me habían jurado obediencia como lo había hecho el ejército. Eran simplemente trabajadores. No había esclavos en el Jardín. Para ellos, el instinto del resarcimiento de sangre por una ofensa o una afrenta infligida era más fuerte que cualquier otro sentimiento.

—¡Apártate, Adán! ¡Seguiremos adelante! —gritaron otros, sin dar pie a que yo dijera nada más.

Los edenitas estaban fuera de sí, incontrolables. A pesar de nuestras enseñanzas en las escuelas de hallar siempre otro tipo de compensación o castigo antes de recurrir al derramamiento de sangre, la venganza seguía siendo motivo de guerra para estos seres primitivos. Era violencia instintiva e inmediata.

—Podemos hacer que el ejército les obstaculice el paso antes de cruzar la muralla —dijo uno de mis hijos.

—Nuestro ejército es reducido y solo empeoraría las cosas —contesté—. Habría un brutal enfrentamiento.

El ejército que yo había formado tras tomar el mando de Edén había sido únicamente defensivo y de apercibimiento. Había aún muchas tribus salvajes por la zona. Y yo era un hombre de paz; mi misión era bien otra.

No supe a quién recurrir. Imploré a Dios por ayuda, pero era consciente de que él respetaba la voluntad del hombre para bien o para mal.

Seguimos los movimientos de los edenitas hasta que salieron en tropel por tres de las puertas de la muralla. Era prácticamente de noche. Quizás podríamos haber avisado a Cano. Se hubiese entregado. No lo sé. Quizás a última hora recapacitasen y lo trajesen vivo al Jardín para ser juzgado, como les había pedido. Estuvimos atentos, pero lo que vimos fue espeluznante. Aquella tempestuosa muchedumbre armada no hizo nada por hallar al supuesto culpable, sino que arremetió contra la población desprevenida, exterminándola. No se salvó ni un solo hombre, mujer o niño—. Y, entre ellos, murió Cano, el padre del aún no nato Caín, el hijo de Eva.

Terriblemente abrumado por la infidelidad de Eva, por el remordimiento de haber antepuesto mi sagrada misión a su amor, de no haber podido parar aquella horrible masacre, que en realidad habíamos provocado nosotros, perdí la cabeza y, en lugar de volver a casa, huí de todo lo que me recordara mi fracaso. Vagué por las montañas en soledad durante treinta días como un animal, alimentándome de bayas salvajes, bebiendo de los riachuelos, durmiendo en el lecho de los bosques. Me sumí en una gran turbación de mente y espíritu. Rogué a Dios por su perdón. Le pedí que me diera fuerzas...

Al cabo de esos días, se impuso el sentido común en mí. Volví a Edén con la intención de planificar para el futuro, pasase lo que pasase. Eva y mis hijos me esperaban y nos abrazamos con fuerza, como si no quisiéramos separarnos nunca más. Miré el rostro demacrado de Eva. Vi su amargura.

—Querida esposa, siento haberte ocasionado tanta aflicción —le dije sin dejar de estrecharla.

—Me ha sido muy difícil estar sin ti —me confesó—. Siento ahora gozo y gratitud a Dios por tenerte de nuevo a mi lado. Jamás se borrará de mi memoria este dichoso momento en toda la larga vida que nos quede de duro trabajo y servicio.

—Lo hemos pasado todos muy mal —admitió Latla, mi hija mayor sollozando. Durante tu ausencia, intentamos confortar a madre, pero ella no encontraba consuelo en nada ni en nadie.

—Perdón, hijos míos. Muy a menudo, los padres no nos damos cuenta de que vosotros sufrís las consecuencias de nuestras insensateces y errores.

Mis hijos, nobles criaturas de Dios, habían estado, y aún lo estaban, desbordados. Sentían un inexplicable pesar ante aquella inconcebible desgracia que, de manera tan repentina e implacable, les había sobrevenido por nuestra culpa. Cincuenta años tardarían en recuperarse del dolor y la tristeza de aquellos trágicos días, especialmente de la gran ansiedad que experimentaron durante el tiempo en que yo estuve ausente del hogar, sin que su atormentada madre supiese de mi paradero o de la suerte que hubiese podido correr.

—Esposo, quisiera comentarte algo más. Al poco de marcharte tú, se encontró a Serapatatia ahogado en el gran río.

La miré con profunda tristeza.

—Era un buen hombre. Creo que los remordimientos por haberte convencido y todo lo que ello ha acarreado deben haberle empujado a quitarse la vida —le dije—. Tú y yo sabemos bien cómo es sentirse así.

A partir de entonces, seguimos dirigiendo las actividades del Jardín como siempre. Nuestros jueces habían abierto una investigación sobre lo sucedido en Alot y muchos serían expulsados de Edén. No podíamos permitir más ningún tipo de violencia.

No tomamos realmente conciencia de nuestro fracaso hasta sesenta días después de la trasgresión de Eva, cuando los síndicos melquisedecs regresaron a Urantia y asumieron la jurisdicción sobre los asuntos del mundo. Nada más llegar, acudieron a vernos y, por orden de los altísimos, nos despojaron de nuestros poderes. Y, aunque lo esperábamos, aquello fue una gran losa sobre nosotros; sin embargo, aún no sabíamos nada sobre nuestra situación personal y la suerte que correríamos. No nos lo dijeron en ese momento.

Pero aún se estaban gestando más problemas: la noticia de la aniquilación del asentamiento nodita próximo a Edén no tardó en llegar a las tribus noditas del norte. Y, como nos informaron los seres intermedios, se estaba congregando un gran ejército de más de veinte mil efectivos para marchar contra el Jardín. Como los edenitas, estas tribus reconocían el derecho a la venganza sangrienta. La venganza era el objeto de la vida primitiva. Cuando supimos que los noditas se dirigían hacia nosotros, solicitamos la orientación de los melquisedecs, pero se negaron a aconsejarnos:

—Sois vosotros los que tenéis que tomar las decisiones oportunas —dijeron—. Haced lo que consideréis mejor. Se nos ha prohibido interferir en vuestros planes, pero os prometemos que cooperaremos en todo lo posible en cualquier curso de acción que aprendáis.

Al saber el alcance del ataque, me reuní con los líderes del Jardín y les propuse que abandonáramos Edén sin oponer resistencia. Yo estaba en contra de la guerra. Pero muchos se negaron a irse. Así pues, durante toda aquella noche, mantuve una reunión con mil doscientos partidarios leales que sí se comprometieron a seguirnos. Desde la destrucción de Alot, se habían creado muchas facciones en el Jardín. Y al día siguiente, al mediodía, salimos de Edén, como peregrinos, en busca de un nuevo hogar. En aquel momento, presentí que en Edén habría una larga y encarnizada guerra.

XX Y TUVIMOS QUE ABANDONAR EDÉN

Entonces el Señor lo sacó del huerto de Edén, para que cultivara la tierra, de la cual fue tomado. Echó fuera al hombre, y al oriente del huerto de Edén puso querubines, y una espada encendida que giraba hacia todos lados, para resguardar el camino del árbol de la vida. (Génesis)

Comerás el pan con el sudor de tu frente, hasta que vuelvas a la tierra, pues de ella fuiste tomado; porque polvo eres, y al polvo volverás. (Génesis)

A la mujer dijo: Multiplicaré en gran manera tus dolores y tus preñeces; con dolor darás a luz los hijos… (Génesis)

*T*ras casi un año de viaje, nos encontrábamos cerca de nuestro nuevo hogar, el segundo jardín. Habíamos viajado en dirección este hacia el triángulo formado por el cruce de los ríos Éufrates y Tigris, antes de desembocar en el Golfo Pérsico, no muy lejos de la ancestral Dalamatia, ahora hundida. Mesopotamia era el segundo de los tres lugares elegidos por los exploradores de Van para la construcción de nuestro añorado Edén. No habíamos podido dirigirnos al oeste porque no teníamos barcos para tal aventura marítima; tampoco al norte porque los noditas ya marchaban hacia Edén. Habíamos temido ir en dirección sur porque las colinas de esos territorios estaban plagadas de tribus hostiles. La única vía accesible había sido la del este, dado que la confederación occidental o siria que había liderado Serapatatia se había negado a secundar la guerra contra nosotros. Y hacia allí habíamos viajado, hacia las acogedoras regiones entre estos dos ríos. No obstante, cuando llegamos a comienzos de mayo, el Éufrates estaba en crecida por el deshielo de las montañas septentrionales y tuvimos que esperar en las planicies del oeste del río antes de poder cruzarlo. Llevábamos ya allí acampados casi seis semanas.

El viaje en caravana había sido muy penoso. Adán y yo estábamos agotados, como todos los demás, pero también absolutamente desolados. Habíamos perdido dos tercios de nuestra progenie, y éramos conscientes de que nos habíamos convertido en seres mortales. Ya no éramos inmunes a las enfermedades ni a otros padecimientos, como yo misma había podido comprobar. Por nuestra transgresión, no se nos había permitido sacar el árbol de la vida de Edén, que nos hacía inmortales. Tampoco sabíamos si nuestro caso había sido juzgado o no por los jueces de Satania. Todo había ocurrido tan rápido, que no me acababa de creer lo sucedido, y me sentía culpable, terriblemente culpable.

Tras ciento diecisiete años de vivir en el Jardín, habíamos tenido que huir. Era bien cierto que habíamos querido impedir por todos los medios una nueva masacre como la de Alot, en este caso la de los habitantes del Jardín, entre los que estaban cuatro generaciones de nuestros propios descendientes. Era lo mejor que podíamos hacer. Le habíamos pedido a los edenitas que nos acompañaran. Sabíamos dónde dirigirnos para poder empezar una nueva vida, pero muchos no habían seguido nuestras advertencias. Se sentían seguros tras las enormes y recias murallas que sus mismos ancestros habían construido. Consternado, al mismo tiempo que apenado, Adán se había despedido de ellos brindándoles cobijo si las circunstancias les obligaban: "En el segundo jardín encontraréis siempre un hogar, tal como lo habéis tenido aquí", les había dicho.

Muy temprano, una mañana de finales del mes de abril, habíamos abandonado la península más de cinco mil personas. Íbamos afligidos, completamente abatidos. Dejábamos muchas cosas atrás. Yo además iba embarazada de Cano y Laotta de Adán. El viaje sería duro, angustioso, pero poco podíamos prever hasta qué punto. Al tercer día de salir, cuando ya habíamos cruzado el istmo, nuestra caravana se detuvo por la llegada de cientos de transportes seráficos procedentes de Jerusem. El sonido atronador que les precedió al cruzar la atmósfera alertó a toda la caravana, pero solo algunos de nosotros pudimos percibirlos visualmente. Fue en ese momento cuando se nos notificó el destino que deparaba a nuestros vástagos, un total de mil seiscientos cuarenta y siete por línea directa. La voz de uno de los serafines sonó directa y firme.

—Saludos de parte del Padre de la Constelación. Venimos para trasladar a vuestros descendientes a Edentia —dijo—. Ellos no son culpables de vuestros deplorables actos. Quedarán bajo la tutela de los altísimos de Norlatiadek. No todos...

No le había dejado terminar. Aquellas palabras eran desconsoladoras. Sentí de repente una terrible pena. No pude reprimirme.

—¡No, por favor! —grité amargamente.

—Es mejor así —me dijo Adán, no menos compungido que yo—. No tendrán que sufrir como nosotros las penalidades humanas ni conocerán la muerte. Y algún día los volveremos a ver, a ellos y a los otros hijos que dejamos atrás en Jerusem.

Quedé en un gran mutismo hasta que rompí a llorar. Mi mente se sumió en una total oscuridad. La luz del mediodía se hizo noche profunda. Nada podía consolarme.

—Es nuestro mandato —añadió el serafín—. No todos tendrán que venir con nosotros a Edentia. Sí lo harán los menores de veinte años, pero a partir de esta edad, solo serán trasladados los que así lo deseen.

Por un momento, no supimos qué decisión iban a tomar los mayores de dicha edad. "Quizás se vayan todos", pensé desconcertada. "No solo había fracasado como esposa, sino también como madre de la nueva raza que debería haber rehabilitado el mundo". Pero no todos querían marcharse. Los seres intermedios hicieron el recuento y quinientos cuarenta y nueve de nuestros hijos, nietos y biznietos se quedaron con nosotros.

Antes de dirigirse hacia los serafines para el proceso de desmaterialización, uno a uno se fueron despidiendo de los que nos quedábamos atrás. Fue uno de los momentos más angustiosos de nuestra corta estancia en el planeta. Nos dolía separarnos de ellos. Evánez, nuestro primogénito, sufrió terriblemente al ver cómo su esposa se marchaba a Jerusem con sus hijos. "El camino de los transgresores es inflexible, pero es injusto que otros sufran por tus pasos errados", pensé.

No sabíamos qué planes había para ellos en Edentia. No lo dijeron. Decidimos esperar allí los diez días que duró la desmaterialización. Cuando llegaran a su destino, un portador de vida los volvería a su estado normal como hijos materiales. Y, tras este tiempo, la caravana se dispuso a continuar su viaje. A todos nos embargaba una gran tristeza.

—¡No puede haber nada más desolador! —me lamenté—. ¡Haber llegado a un mundo con tan altas expectativas, haber sido recibidos con tan buenos auspicios y tener que salir de Edén en desgracia, perdiendo además a una gran parte de nuestros hijos!

Me sentí como en aquellos atroces treinta días, que para mí habían sido como treinta largos años de dolor y sufrimiento, cuando mi esposo se fue de nuestro hogar tras mi infidelidad. Nunca me recuperé totalmente de aquel insoportable periodo de aflicción mental y de pesar espiritual de aquellos días y de aquellas terribles y atroces noches de soledad e insoportable incertidumbre. Y jamás me recuperaría del desconsuelo por la separación de mi familia por muchas privaciones y dificultades materiales que viniesen después.

Pero antes de que pudiéramos proseguir, también se nos informó de la naturaleza de nuestras transgresiones y se nos comunicó cuál sería nuestro destino. Gabriel, la brillante estrella de la mañana, se apareció de repente. Solo un único ser de tal sabiduría y majestad se creaba en cada universo local. Casi tuvimos que cubrirnos los rostros ante la luz que irradiaba. Nuestros ojos, ya acostumbrados a la existencia material, quedaron deslumbrados por su resplandor.

—Soy Gabriel de Lugar de Salvación—nos dijo—. Recibid mis saludos en nombre de Miguel de Nebadón y en el mío propio. Vuestro caso ha sido juzgado y se me ha pedido que os diga literalmente el veredicto:

"Adán y Eva, hijos materiales de Jerusem, han incurrido en incumplimiento de su deber y han violado el pacto de confianza en ellos depositado como gobernantes de Urantia, planeta al que fueron asignados. No obstante, quedan absueltos de todos los cargos de desacato al gobierno del universo. No se les ha hallado culpables de rebelión. Pero con su actuación, ellos mismos se han degradado a la condición de mortales del mundo y en lo sucesivo deberán comportarse como hombre y mujer de Urantia, mirando al futuro de las razas del planeta como el suyo propio."

—Marchad por los caminos de Miguel en esta nueva vida llena de los gozos y las labores de los seres mortales en los que os habéis convertido —añadió.

Sin decir nada más desapareció de nuestra vista. Realmente no había nada más que decir. Aunque devastados, mientras continuamos avanzando lentamente por la llanura costera de Siria antes de desviarnos al oeste hacia Mesopotamia, le comenté a Adán, ya más sosegada:

—Es un gran alivio saber que los jueces de Lugar de Salvación no nos han encontrado culpables de rebeldía. Caligastia nos engañó y nos arrastró hacia los derroteros que él quería, pero en realidad nunca aceptamos sus tesis ni lo sofismas de Lucifer.

—Verdad, Eva, y veo justo el castigo por nuestra violación del pacto sagrado que contrajimos. Pero, ¿qué hemos hecho con este mundo? ¿Adónde lo hemos llevado? —se lamentó—. No hemos cumplido ninguna de las instrucciones de los melquisedecs ni las que nosotros mismos habíamos prometido en nuestro discurso inaugural. Era un ambicioso proyecto. Teníamos que establecer sedes raciales, continentales y locales que dejaríamos a cargo de nuestros hijos e hijas, mientras que nosotros tendríamos que dividir nuestro tiempo entre estas distintas capitales del planeta en calidad de asesores y coordinadores del ministerio mundial de mejora biológica, de avance intelectual y de rehabilitación moral. Y ya ves...

—Ni siquiera hemos logrado que el hombre culmine su tránsito desde la caza y el pastoreo a la agricultura y a la horticultura, cuando ese era uno de nuestros cometidos, como lo era más adelante la expansión de las ciudades y la diversificación de la manufactura —le dije.

—Y prometimos mejorar biológicamente a la humanidad, erradicar las tendencias animales, acelerar el progreso espiritual… —indicó dolido—. Hubiese sido una época de grandes invenciones, del control de la energía y de las fuerzas naturales, del desarrollo mecánico, de la mezcla de las razas, de una única lengua, del internacionalismo, de la fraternidad, del arte, de la música, de la filosofía, de la religión…

—Lo sé… No sigas, querido esposo. No todo está perdido. Quizás nosotros y nuestros descendientes podamos compensar ese error de alguna forma. Nuestro linaje se mezclará con el de las razas humanas. Nunca se pretendió que el Jardín fuese un hogar permanente para ellos. Tenían que convertirse en emisarios de una nueva vida para el mundo entero; tenían que movilizarse para darse desinteresadamente a las razas necesitadas de la tierra. Y eso harán.

—Tienes razón —me dijo cogiéndome la mano—. Algo podremos hacer, aunque seamos muy pocos.

—Pero quizás ahora —añadí— Caligastia nos deje en paz. Ya ha conseguido sus fines.

—Ojalá... —dijo mi esposo mirando al cielo implorando.

A finales de octubre, cruzando por una accidentada meseta de Siria, me puse de parto y supe lo que era ser humana y mortal. Jamás había sentido tal agónica sensación en toda mi vida. Ya había tenido náuseas, diarreas y una irritabilidad que no alcanzaba a comprender. Siempre, como toda mi descendencia, las adanitas habíamos parido sin dolor, pero, biológicamente, la mezcla de mi raza con la nodita había sido el desencadenante.

Cada contracción era como si me desgarrara por dentro y se volvieron cada vez más frecuentes e intensas. No podía soportar el dolor que me recorría la parte baja de la espalda y se extendía hacia los lados del vientre. Se presentaron graves complicaciones. Las contracciones durante la dilatación no habían sido efectivas y el parto no progresaba como era debido. Estuve a punto de morir, pero al final todo fue bien; sobreviví porque aún conservaba una resistencia superior a la de muchas de las mujeres mortales, y di a luz a Caín. Era un niño grande y bello, como lo había sido su padre. Pero, desgraciadamente, Laotta, días más tarde, murió al nacer Sansa, la hija de ella y Adán.

224

Yo misma le di de mamar y la crié con el mismo cariño que a Caín. Adán me prestó su apoyo durante los meses que siguieron.

...No tardaríamos en llegar al sur de la península mesopotámica. Pronto nos detendríamos cerca del río para pasar la noche. El sol del amanecer nos traería nuevas esperanzas. Cruzaríamos al que se convertiría en el segundo Edén, pero ya nada, nada, sería igual.

Made in the USA
Monee, IL
22 July 2021